퍼즐 맞추기

퍼즐 맞추기

1판 1쇄 발행 | 2016년 6월 10일

지은이 | 김화진
발행인 | 이선우
펴낸곳 | 도서출판 선우미디어

     등록 | 1997. 8. 7 제305-2014-000020
     02643 서울시 동대문구 장한로12길 40, 101동 203호
     ☎ 2272-3351, 3352 팩스: 2272-5540
     sunwoome@hanmail.net
     Printed in Korea ⓒ 2016. 김화진

값 12,000원

이 도서의 국립중앙도서관 출판예정도서목록(CIP)은 서지정보유통지원시스템
홈페이지(http://seoji.nl.go.kr)와 가자료공동목록시스템(http://www.nl.go.kr/kolisnet)에서
이용하실 수 있습니다.(CIP제어번호: CIP2016013511)

ISBN 89-5658-454-6 03810
ISBN 89-5658-455-3 05810(PDF)
ISBN 89-5658-456-0 05810(E-PUB)

퍼즐 맞추기

김화진 수필집

 선우미디어

꽃수레를 타고 봄은 오는데

다섯 살 무렵의 가을날, 길을 헤매며 혼자인 적이 있었습니다. 다시 찾은 엄마 품에 안겼을 때 느낌을 말로도, 글로도 표현할 수 없었습니다. 가끔씩 그 일이 떠오릅니다. 가장 오래된 기억일 뿐 아니라 만약 그날 엄마를 만나지 못했더라면 어떤 삶이 되었을까 상상해 봅니다.

이제 선명한 발자국 하나 찍어 놓습니다. 여기까지 머물렀던 시간에 남긴 기억들을 모았습니다. 기쁨만은 아니었습니다. 항상 바른 길로도 지나오지 못했지요. 지금에 이르도록 늘 따뜻한 이들이 함께 했습니다. 다시 먼 길 나설 때까지 사랑했던 이야기를 남겨두고 싶습니다. 외로울 때 위로가 되어준 이들에게 마음을 내어 보입니다. 잊혀진 사람이 가장 불행하다지요. 곁에 스쳐간 수없는 인연을 새기며 살렵니다.

〈꽃수레를 타고 봄은 오는데-〉 중학교 2학년 작문시간에 받았던 글쓰기 제목입니다. 선생님께서는 내 글을 읽게 하셨고 칭찬도 아끼지 않으셨습니다.

작은 마음에 글씨앗 하나를 뿌려 주셨지요. 오십여 년이 지나 이제야 볼품없는 열매 수줍게 매달았습니다.

얼마 전, 자동차를 새로 샀습니다. 나를 이곳저곳으로 데리고 다닐 신발을 갈아 신었습니다. 더 멀리 달리려 합니다. 가본 적이 없는 마을에도 들러 처음 만나는 이들과 재미난 이야기도 나누고 싶습니다.

첫 공연이 끝나고 객석은 텅 비어 있지만, 나는 다음 무대를 위해 새로운 의상을 준비할 겁니다. 화사한 꽃무늬도 좋을 것 같아요. 봄을 실어 나를 꽃수레가 필요한 때문이지요.

서평을 써주신 윤재천 선생님께 진심으로 감사드립니다. 유숙자 선배님의 따뜻한 격려와 응원, 정말 고맙습니다. 수고와 정성으로 수필집을 엮어 주신 선우미디어 이선우 사장과 직원분들께 감사드립니다.

사랑하는 두 딸 Juliet과 Suzanna, 손자 Tom에게, 남편 Thomas 영전에 이 책을 펴놓습니다.

2016년 봄 Chatsworth에서

김화진

| 차 례 |

제1부

퍼즐 맞추기

그루터기

아름드리나무를 베었다. 나무뿌리가 집의 기초를 흔들 수 있다
는 말에 망설임 없이 자르기로 했다. 대문 앞 수호신처럼 버티고
살아온 나무가 베어진 자리는 참담해 보였다. 어찌나 키가 컸던지
다섯 차례 이상을 나누어 잘라냈다. 땅에서 올려다보았을 때는
짐작할 수 없었던 굵은 몸통이 놀라웠다. 서 있는 동안 그리 큰
나무인 줄 몰랐다.

잘려나간 몸통이 바닥에 널브러져 있다. 남은 밑동은 넓은 하늘
을 떠받들고 있듯이 땅에 밀착되어 터를 잡았다. 밑동만 남은 단
면에 나이테가 선명하다. 짐작하건대 내 나이와 크게 다르지 않을
연륜이다.

한여름의 따가운 볕을 받아 우리 대신 제 몸을 달구고 그늘 쉼
터를 만들어 주곤 했지만 고마움을 느끼지도 못했다.

오랜 세월 얼마나 많은 풍상을 겪어 왔을까. 열대우림의 정글에

서처럼 비를 머금지 않았을 테고 한랭지의 침엽수같이 차가운 기후를 견디며 옹글게 단단해지지도 못한 채 캘리포니아 날씨에 적응하며 살아왔으리. 마치 이민자의 삶이 방패 없는 전장의 병사처럼 지친다 해도 주저앉지 않은 것과 다름없어 보인다. 주어진 환경에 투덜대지 않고 마른바람에 가지가 꺾여도 숨김없이 모두를 맡기는 온유함을 간직한 듯하다. 어느 곳은 촘촘한 모양이고 또 다른 쪽엔 넓은 간격으로 나이테가 굳어 있다. 내 기억의 자국들도 이런 과정을 겪으며 갖가지의 모습으로 각인되었으리.

내 마음에 뿌려진 씨앗은 나를 둘러싼 조건들 속에서 뿌리내리고 자라왔다. 새싹이 움틀 무렵부터 잎새들을 키웠고 단단한 가지를 세워 건실한 열매를 맺기까지 끊임없는 파고를 넘어야 했다. 한 파도가 지나가면 더 세찬 물벼락이 기다리고 있었고 그러다가 잠깐 순한 물결을 만나기도 했다. 나는 아픔의 고비에 설 때마다 대들었다. 시련의 파도를 거스르려 안간힘도 썼다. 어쩌다 내가 승리한 듯한 순간이 오면 굳게 지탱하던 두 발의 힘을 놓아버리는 바람에 더욱 깊은 바다로 빠져들곤 했다. 내가 만든 나이테 하나하나마다 고뇌와 열정, 좌절과 달음질이 서로 부대끼며 선명한 궤도를 그려 나갔다. 아마도 세상과 맞서 거침없는 삶을 엮어 나가던 젊은 시절엔 더욱 튼튼하고 명확한 자국을 만들었을 테다.

두세 사람이 맞붙어 앉기에 넉넉할 만큼 여유로운 그루터기는 모두를 받아 안아준다. 살아서 내어준 성실함이 오랫동안 머물러 있다. 베어진 몸통은 어디론가 실려가 깎이고 다듬어져 새로운 쓰임새로 거듭났을지도 모르겠다. 어쩌면 근사한 탁자나 의자로 만들어졌을까. 점점 자연스러운 것을 좋아하는 현대인들에게 만족스런 가구로 귀한 대접을 받는 상상도 해본다.

우리는 모두가 이 세상에 그루터기 하나씩을 남겨 놓는다. 그 위에서 어떤 이는 안식을, 또 다른 사람은 희망을 꿈꾸리라. 훗날 내 삶이 베어져 남은 곳에는 과연 얼마나 많은 사람이 걸터앉아 쉬게 될까.

작은 그릇 하나

Goodwill의 진열대를 꼼꼼히 살핀다. 또 하나의 보물을 건질 수 있을까 하는 설렘이다. 집에 가는 길에 Salvation Army Store 에도 들를 생각이다.

'사람이 흙에서 왔으니 흙으로 돌아갈 것을 생각하십시오.'

사순절이 시작되는 재의 수요일 미사를 드릴 때 머리에 재를 받으며 이 말씀을 듣는다. 흙은 우리 생명의 근원이고 자연의 시작이다. 만물이 그 위에 생존하고 퇴색되는 일은 영원히 반복된다. 굳이 아담과 하와의 창조신화가 아니더라도 흙에 대한 존엄성을 가져야 함에 시비를 거는 이는 결코 없을 것이다.

흙으로 빚어 만든 도자기에서 인생을 배운다.

미대 졸업과 함께 교사가 된 언니는 토요일 퇴근 후 경기도 광주에 있는 도자기 가마를 찾았다. 주말 동안 굽기를 하고 월요일 새벽에 다시 출근하는 열의가 대단했다. 응용미술을 전공하고 여러 차례 국전에 입선한 작품도 도자기였다. 별 것 아니게 보이는 진흙이 오랜 작업을 통해 오묘한 빛깔과 갖가지 모양으로 변하는 것이 놀라웠다. 언니는 자기의 혼이 담겨 이루어진 그릇들을 보석 다루듯 소중히 여겼다. 웬만해서 남에게 주는 일이 없었다.

완성된 작품이 생각대로 나오지 않아서인지 시집가며 남겨놓은 도자기 몇 점은 부엌에서 요긴하게 쓰였다. 얇고 편편한 것은 부침개 접시로, 오목하게 작은 것들은 양념종지로, 사발만한 것은 김치보시기도 되었다. 시장에서 사온 매끈한 그릇보다 투박하지만 정감이 있어 좋았다. 엄마에게는 시집간 맏딸을 보는 듯한 반가움도 있었을 테다.

도자기는 단지 그릇이 아니라 누군가의 영혼을 담아내는 숭고한 우물처럼 내게 다가왔다. 과연 나는 어떠한 영혼의 모습을 가진 흙으로 빚어지는 삶인가.

하나 둘 모아온 도자기가 꽤 많아졌다.

틈틈이 굿윌이나 쌜베이션 아미 스토어에 들러 손으로 빚은 도자기들을 샀다. 때론 거라지세일에서 찾기도 했다. 아주 적은 돈을 주고 귀한 보석을 받아든다. 운이 좋으면 하나씩 건지는 맛이 복권에 당첨되는 기쁨 만큼이다. 생각 없이 내어 놓은 습작일 수도 있지만 내겐 가슴 설레는 만남이다. 숙련된 도공들의 매끈한 솜씨와 달리 거의가 일그러지거나 어설픈 모양이다.

지구상에 하나 뿐인 작품이다. 취미로 세라믹을 공부한 사촌동생은 어렵게 만든 값진 주발 한 쌍을 이민 길의 선물로 주었다. 나의 도자기 사랑을 알고 있었던 게다.

집안 여기저기에 흩어놓기가 어려워 정리할 가구를 마련했다. 스물 네 칸으로 구분된 나무장식장을 놓고 비슷한 형태끼리 진열하였다. 윗칸 양쪽은 막내딸이 고등학교 세라믹클래스에서 진흙으로 구워낸 인디언 장승이 자리 잡고 있다. 큰딸이 대학시절 그리스 여행에서 사온 호리병은 제일 아랫칸 뒤로 밀어 넣었다. 기계로 찍어낸 곱다란 선이 다른 것과 어울리지 않는다. 엄마가 좋아할 거라며 선물로 준 딸아이에게 미안하다.

우리 집 생활용품은 온통 도자기다. 칫솔과 치약을 담는 그릇, 양치하는 컵, 꽃병과 화분받침, 연필꽂이는 물론, 과일그릇과 팝콘을 담을 때도 도자기를 사용한다. 하다못해 파뿌리를 잘라 심은 질그릇도 부엌 싱크대 선반에서 나와 눈 맞추고 앉아 있다. 가볍고 모양이 쉽게 변하는 플라스틱보다 무거우면서 우직스러운 흙의 고집이 맘에 든다.

도자기를 바라보고 있으면 누군가와 만나게 된다. 저마다 가지고 있는 얼굴들, 행복에 겨워 웃음을 머금기도 하지만 어떤 것에서는 왠지 처절한 쓸쓸함이 보이기도 한다. 일그러진 표정도 있다. 무어라 애원하는 눈길도 느껴진다.

얼마 전 세상을 떠난, 내가 좋아하는 동갑내기 배우 패트릭 스웨이지가 있다. 그가 영화 〈사랑과 영혼〉 속에서 데미 무어를 등

뒤에서 감아 안고 도자기 물레를 돌리던 장면이 눈앞에 서린다.

흙과 물이 엉기어 치대지고 하나의 창조물로 거듭나기까지 수 없는 시행착오를 거쳐야 하고 나를 그 안에 던져야 한다. 나와 하나가 되는 것. 알 수 없는 이의 손으로 만들어진 저 그릇은 어떤 영혼을 간직하고 있는 걸까.

아직 완성되지 않은 나의 도자기는 지금 어느 과정을 지나고 있는가.

모양은 굳어졌는지, 도안과 염료는 결정되었나, 애벌구이는 끝 난 건가, 혹시 초벌의 뜨거움을 견디지 못하고 금이 간 것은 아닐 까. 내 삶이 완성되는 날 과연 어떤 모습의 도자기로 새겨지려나. 두려움과 함께 등골 위로 감전된 전류가 흐르는 듯하다.

누군가 흙속에 감추어진 내 광채를 볼 수 있었으면 좋겠다. 생 명이 담길 수만 있다면 아주 작은 그릇이라도 행복하겠다. 가장 잘 보이는 곳에 자리한다면 더욱 가슴 설레리라.

퍼즐 맞추기

마지막 한 조각을 끼워 넣으면 완성이다.

손자 녀석이 쏟아놓은 〈노아의 방주〉 퍼즐 500조각을 맞추었다. 아기 때부터 퍼즐놀이를 즐기더니 점점 조각수가 늘어난다. 100개 정도까지는 쉽게 완성할 수 있지만 그림의 규모가 크다보니 작은 조각들을 살피며 그림을 만들어 가는 일이 그야말로 장난이 아니다.

시작은 거창하게 하고서 오랜 시간 머물지 못하는 녀석은 식구들을 독촉하며 빨리 끝을 내란다. 식탁 가득히 늘어놓고 찾으려니 돋보기도 필요하고 다른 일을 제쳐놓은 채 꼼짝없이 매달리게 되었다. 식구들은 잠깐씩 멈추어 서서 몇 개라도 그림잇기를 돕곤했다.

구약에 나오는 노아의 얘기대로 각종 크고 작은 동물들이 한쌍씩 그려져 있다. 혼자인 것보다 역시 둘이 함께 있어 좋다. 정교한 그림솜씨가 놀랍기만 하다. 자세히 보니 하나하나의 표정도 제각각이다. 태초 낙원의 평화로운 풍경이라 느껴진다.

출근 염려가 없는 나는 이틀 밤을 새벽 두 시가 되도록 집중하여 맞추어 가다가 이제 마지막 조각 하나를 아껴 두었다. 완성하는 기쁨의 순간을 손자 녀석에게 주고 싶어서이다.

퍼즐을 맞추는 일은 우리의 생과 많이 닮아 있다.

창조주가 마련해 놓은 나만의 그림을 하나하나 성실하게 짜맞추어가는 삶의 과정이다. 어느 부분은 쉽게 연결되지만 다른 쪽의 조각이 영 눈에 띄질 않는다. 그럴 땐 그쪽은 잠시 접어놓고 새로운 그림을 시도한다. 하나씩 붙여 가다보면 먼젓번의 위치에 와서 오묘하게 연결됨을 알게 되고 자못 벅찬 기쁨을 느낀다. 내게 주어진 삶의 퍼즐은 언제쯤 완성될 것인지 알 수 없지만, 그저 열심히 찾아 묵묵히 맞추어 가노라면 기쁨의 장면도 만들어지지 않을까.

내 그림 안에 들어와 있는 많은 사람을 바라본다.

가장 가까운 내 가족, 먼 조상에까지 유추하기는 쉽지 않으나 생명을 내어주신 부모님과 형제들이 보인다. 삶의 동반자로 때론 깊고 험한 골짜기에서 손잡고 걸어온 남편, 사랑으로 잉태된 두 딸, 거기에서 생명존재의 의미를 일깨워주는 귀한 손자가 그 이름들이다.

피를 나누진 않았지만, 생각만 해도 가슴 설레는 사랑하는 친구들을 만났다. 동네 골목에서, 같은 학교에서, 직장동료로서 생활의 공통분모를 만들며 교류해 온 인생의 수련동기생들이다.

귀중한 지식을, 또는 본인의 삶을 표본으로 보여주신 내 생활의 스승들도 계시다. 그분들은 각기 소유한 다른 재질로써 내가 본 뜰 수 있게 배려해 주셨고 지름길도 안내해 주셨다. 스스로 깨치기 위해 수없는 시행착오를 거듭할 수밖에 없었던 나를 적절한 시간에 이끌어 헛된 시간낭비를 거두어 주신 고마운 선배들이다.

영적 만남의 인연도 빼놓을 수 없다. 삶에 시달리며 고독과 소외감, 아픔 속에서 마음의 사막을 헤매고 있을 때마다 갈 길을 일러 주시던 신부님들, 수녀님들, 좋은 일에 나보다 더 기뻐하고 슬픔에 빠진 나를 위해 눈물로 기도해주던 신앙의 형제자매들도 잊지 못한다.

그림 전체에 퍼져있는 배경이야말로 내 생애의 길을 결정짓는 매우 중요한 요소이다.

맑은 하늘 아래의 화창한 봄볕도 누렸지만, 어느 시절엔 먹구름 낀 어둠 속에서 길 찾아 헤매기도 했다. 소나기와 폭설에 갇혀 옴짝달싹할 수 없는 나의 신세를 원망도 했고 시끄러움과 무서운 고요를 지나오며 여기에 이르렀다. 암흑 속 바다의 노도가 덮칠 때 그 끝이 어딘지 몰라 허둥대며 차라리 눈을 감아버리기도 했다. 맑은 물소리에 세상번뇌를 담아 흐르는 시내를 돌아 평원을 걸었을 때도 그 무한한 축복을 감사할 줄 몰랐다.

비가 그치고 동편 하늘에 무지개가 선명하다.

내 삶의 퍼즐도 거의 모습을 드러내며 채워져 가고 있다. 다른 이들의 눈에 어떤 그림으로 비칠까 두려운 마음이 앞선다. 이미 그려진 바탕을 고칠 수는 없다 해도 남은 조각들을 충실히 꿰어 만들어야겠다. 맞지 않는 모퉁이를 억지로 끼워 넣다간 그림을 망칠 수도 있다. 혹시라도 이미 제 짝이 아닌 조각을 붙여놓은 것이 있다면 과감히 뜯어내어 제자리를 찾아야 한다. 마지막 한 조각을 넣는 완공에 이르는 역사를 위해서.

세상에 태어나 좋은 관계를 맺고 오랫동안 이어갈 사람들이 많음은 가장 큰 행운일 게다. 그들이 있기에 기쁨을 나눌 수 있고 절망 속에서 일어설 용기를 얻는다.

내게 남겨진 시간동안 나의 가진 것들을 모두 내어놓고 싶다. 더욱 사랑하리라. 많이 웃어 주리라. 함께 아파하리라. 무지개 피어오르는 저 하늘에 이를 때까지 행복해지고 싶다.

시간의 메아리

멀리서 들려오던 종소리를 기억한다.

어릴 적 살던 동네 가까운 언덕에는 교회가, 조금 떨어진 곳엔 성당이 있었다. 해가 뉘엿뉘엿 서산을 넘을 때면 두 개의 다른 종소리를 듣곤 했다. 높고 청명한 교회 종소리와 긴 여운을 남기며 낮게 울리던 성당의 종소리는 고단한 하루를 품어 흐르는 시간 속으로 묻어버렸다. 끼니때를 모르고 고무줄놀이에 빠져있던 아이들도 저녁 먹으라는 엄마의 목소리와 함께 흩어져 갔다.

아마 새벽 시간에도 같은 종소리가 울렸을 것이다. 모두가 잠든 시간에 하루의 시작을 일러주는 그 소리는 더욱 크게 멀리까지 퍼지지 않았을까. 엄마는 새벽마다 성당의 미사를 다녀오시곤 했다. 무엇을 기도하셨을까. 가족들의 건강과 행복, 세상에 내어놓은 네 딸이 걸어갈 길을 신에게 맡기는 애절한 마음이었으리라 짐작된다. 산다는 것의 의미나 행복 찾기보다는 생존의 문제에 짓눌려 고뇌하며 평생을 사셨을 엄마의 삶이다. 지금은 천상에서 편안하실까.

올해 내 나이 환갑이 되었다. 생각하지도 않았던 잔치를 딸들이 만들어 주었다. 기쁨을 나누고 싶은 친구들을 초대하라는 당부도 했다. 누구와 마주하면 좋을까. 많은 생각이 스쳤다. 어쩌면 지금까지 살아온 내 삶이 만든 인간관계의 그림이 드러나는 대목이리라. 살아오면서 참으로 많은 사람을 만났다. 그중에서도 마음을 열어 보일 수 있는 진실한 사람들을 떠올렸다. 알고 지낸다 해서 모두가 따뜻한 것만은 아니었다. 체면상의 만남도 있었고 은혜 갚음을 위한 관계유지도 중요했다. 아무 때 어디에서 마주쳐도 반가운 사람들을 생각했다. 그냥 편안한 사람들, 내 허물을 지나쳐 줄 수 있는 인생의 동행들이다.

산꼭대기에 있는 레스토랑을 예약했다. 꽃과 풍선으로 장식하고 어디서 찾아내었는지 내 어릴 적부터 자라온 모습의 사진들을 엮어 슬라이드 쇼도 마련했다. 오십 살이 되었을 때 평생 즐겨 부른 노래를 모아 한 장의 CD로 만든 것이 있다. 딸들은 뜻도 모르는 내 노래를 잔치의 배경음악으로 깔아주는 세심한 배려까지 해 주었다. 이젠 내가 아이들을 보호하는 것이 아니라 그들에게 내가 기대고 있음이다. 아마도 아비가 곁에 있었다면 훨씬 가벼운 마음으로 기뻐해 주었을 것을. 내 환갑까지는 살아주겠노라며 힘든 투병을 하던 남편의 애틋한 눈길이 서럽도록 보고 싶다.

삶의 저녁 종소리를 듣는다. 어릴 적 그때의 교회와 성당은 어찌되었는지 모르지만, 마음으로 듣는 종소리는 달라지지 않았다. 오늘 밤이 기울고 내일은 해가 다시 떠오를 테지만, 언젠가 영원히 잠들어야 할 마음을 내려놓을 수 없다. 짧지 않은 육십 년의 시간 속에서 나는 무엇을 바라보고 달려왔는가. 때론 내가 세상에 온 이유가 궁금하기도 했다. 많은 나날을 눈에 보이는 것만 좇아 허둥대며 지나왔다. 남은 날 동안의 마무리가 지금까지 살아온 내 생애보다 더 중요하고 힘든 과제가 될 것이다.

날로 새로워지는 의술이 생명의 끈을 길게 만든다. 병든 육신으로부터 해방되는 자유와 의지마저 외면당하기도 한다. 기록으로 만들어놓을 계획이다. 생명보조 장치 같은 것은 일절 사양하겠노라고. 육체적이건 정신적이건 간에 스스로 판단력을 잃게 될 때를 대비하는 내 바람이다. 온갖 의료장치들로 옭아맨 병상에서의 마지막 아버지 모습이 죽음만 못한 치욕이라고 느꼈던 기억 때문이다. 거기에서 인간생명의 존엄성을 찾기는 쉽지 않았다.

나이가 들면서 아침잠이 없어졌다. 새벽 종소리 대신 새들의 노래를 듣는다. 엄마 새, 아빠 새, 남편 새가 내게 말을 걸어온다. 마치 새로운 오늘, 또 하루의 꿈을 꾸라고 말하는 것 같다. 삶의 무게에 지친 나에게 마음의 창문을 두드리는 이들이 있어 한결 가벼운 새날을 맞는다. 사랑하는 가족과 이웃들의 미소에서 새 힘을 얻는다.

내일을 위한 기도를 드린다. 모든 세상 것들로부터 벗어나 하늘 가까이 닿고 싶다. 무한히 펼쳐진 고요의 세계로 날아들고 싶다. 이기심도 미움도 없는 평화가 숨 쉬는 곳에 머물 수 있었으면 좋겠다. 옛날 무릎 꿇어 간절히 기도하던 엄마의 마음을 닮기로 했다. 가난한 마음으로 내가 작아지기까지 두 손 모은다. 따뜻한 기운이 가슴에 번진다. 기억 속 종소리가 메아리 되어 멀리멀리 퍼져간다.

동그라미

수십 개의 원이 부딪히며 깨진다. 훅~ 하며 불어 올린 비눗방울들이 잠깐 허공에 퍼지다 사라진다. 어떤 것은 혼자 떠다니다 꺼지는가 하면 서로 엉기어 부서져 가는 것도 보인다. 오랜 시간 머물지 않지만, 서로를 완전하게 품었다가 놓아주는 듯 보이는 것이 정겹다.

내가 어렸을 땐 물에 비누를 풀어 방울놀이를 했다. 요즘엔 아예 비눗물과 방울 만드는 도구까지 포장한 것이 있어 손자는 내게 조를 일이 없다. 마당 한구석에서 시작한 비눗방울 놀이는 점점 가운데까지 퍼져 하늘이 온통 동그라미의 춤판이다. 손자 녀석은 정신없이 떠오르는 비눗방울들을 두 팔로 휘저으며 터뜨리느라 숨이 가쁘다. 방울 사이로 스치는 햇빛에 잠깐씩 무지개가 생겼다가 사라진다. 금방 녹아 사라져버리는 것이 마치 우리가 잠시 머물렀다 지나가는 환희의 순간들을 알아차리지 못하는 모습 같다.

고통의 길에서 문득 마주치던 짧은 빛의 여운을 기억한다. 오래 곁에 있어 주기를 바랐지만, 나는 늘 허공을 헤매다 넘어지곤 했다.

동그라미는 예쁘다. 크면 큰 대로 마음이 넓어지는 듯하고 작은 것은 귀엽고 따뜻한 느낌이 난다. 모나지 않게 연결되어 하나의 공동체를 이룬다. 어디로 가든 함께 움직이고 흩어지지 않는다. 함부로 침범할 수 없는 고유의 힘을 지닌다.

인류의 위대한 발명품 중의 하나가 동그라미로 만든 바퀴라고 한다. 크기에 따라서 이동하는 거리가 다르고 어떤 생산품에라도 쓰이지 않는 곳이 없다. 아주 작은 시계의 부속품도 들여다보면 많은 동그라미로 연결되어 있다. 자동차는 물론이고 우리 생활 속에서 동그라미의 쓰임새는 흔히 볼 수 있다.

자연은 곡선으로 이루어졌다. 해도 달도 둥글다. 직선으로 뻗어 흐르는 강은 없으며 산줄기의 모양도 웨이브를 그린다. 우리가 자연스럽다고 말하는 것은 부드러운 곡선을 볼 때이다. 눈에 보이지 않는 우리의 마음도 아마 곡선으로 이어져 있으리. 각진 모양의 심장사진을 본 적이 없다. 곧게 뻗는 것은 작은 충격에도 쉽게 부러질 테지만 유연한 그것은 휘어졌다가 제자리로 돌아올 것이 아닌가. 다소 원래의 모양이 바뀐다 하더라도 곡선은 변하지 않는다.

나는 각진 모양을 좋아하는 편이다. 둥글고 넓죽한 얼굴 탓인지 알 수 없지만 삼각 또는 네모형의 목선을 가진 옷을 고른다. 그릇도 직사각형이나 정네모형의 것이 많고 가구도 반듯한 디자인이 정돈되어 보여서 좋다. 곡선보다는 직선을 선호한다. 고집이 세어서 때로는 별스럽게 구는 일도 많다. 원만하지 못함을 깨닫지만 쉽게 고쳐지질 않는다. 다른 이들과 생각을 맞추기 어려울 때가 있다. 부러질지언정 구부리지 못하는 내가 한심하게 느껴지기도 한다. 세상엔 타협하며 지내야 할 일이 얼마나 많은지 알면서도 나이가 들수록 아집은 더욱 굳어지는 것 같다.

한 점에서 시작한 동그라미는 처음의 자리에 돌아와야만 원을 만들 수 있다. 오른쪽으로 돌리든 반대편으로 그려가든 자기의 한계만큼 벌어졌다가 다시 아물리는 과정을 통해 원래의 시작점과 일치한다. 사람은 누구나 자기만의 인생 동그라미를 갖고 있다. 어떤 이는 아주 크고 멋진 원을 완성할 테고 찌그러진 모양을 만드는 사람도 있을 것이나 그것은 각자 스스로 그려내는 작업이 아니겠는가. 모난 생각을 다듬고 많은 것을 끌어안을 수 있는 예쁜 동그라미가 되고 싶다.

동그란 안경을 쓰고 둥근 찻잔에 담긴 커피를 마신다. 오늘 하루를 살아감은 원의 한 귀퉁이를 이어가는 작업이다. 아주 정성껏 즐거운 마음으로 그려야 한다. '인생은 미완성'이라 노래했지만, 각자의 다른 삶을 통해 만들어진 동그라미는 모두가 위대한 완성품이다. 헬륨으로 채워진 풍선이 하늘 높이 떠오르듯 언젠가 내 생의 동그라미가 드러날 때면 나도 사뿐히 날아오르리라.

그 여름은

덥지 않은 이상한 여름이었다. 내가 맞게 될 예기치 못한 삶의
계절을 알려준 걸까. 1980년 7월 29일, 나는 두 번째 딸아이를
제왕절개 수술로 분만하였다. 자연으로 아기를 낳은 산모보다 입
원기간이 길었고 배의 상처가 아물기 전까지 몸을 움직이기가 어
려웠다. 3층 병실에서 열흘을 머물렀다.

그 해 여름은 쓸쓸했다. 남편은 뉴욕지사에 근무발령을 받았지
만, 아기의 출산을 보기 위해 출국을 미뤘다. 기다리던 아들이
아니었으나 섭섭한 속내를 감추고 둘째 딸을 안아보고 이튿날 미
국으로 떠났다. 여자들이 흔히 겪는 산후우울증이 아니더라도 아
이를 낳을 때면 돌아가신 엄마 생각에 마음이 가라앉곤 했다. 이
번엔 남편마저 곁에 없는 상황이었다.

'누가 사랑을 아름답다 했는가~~'

이 노래는 당시 조용필이 부른 라디오 연속극의 주제가였다.
〈창밖의 여자〉라는 제목과 달리 나는 입원실 창 안에서 그 노래를

계속 들었다. 누가 틀어 놓았을까. 혹시 실연당한 사람이 아닐까 하는 생각도 했다. 병원 뒤편에 있는 자동차 정비소에서 온종일 반복되는 그 노래를 나도 곧 따라 부를 수 있게 되었다.

그 여름 이후 내 삶은 많이 바뀌었다. 마지막 여름방학이 되었다. 몸이 회복되는 대로 남편에게로 가야 했기에 7년 동안 근무한 여자중학교를 떠날 수밖에 없었다. 교편생활을 시작할 때만 해도 평생을 선생님으로 살게 될 줄 알았다. 학생들과 보내는 하루가 무척 즐거웠다. 미국으로 올 기회가 아니었다면 아마도 지금까지 교직을 지키고 있었을 것이다. 남편의 해외근무로 시작된 새로운 날들을 상상하지 못했다.

여름은 생명을 키우는 힘을 갖고 있다. 주재원 시절이 끝나며 내게 닥친 낯선 이민자의 치열한 삶은 뜨거운 여름볕 아래 몸을 달구어 마지막 열매를 밀어내는 작업이었다. 끊임없이 반복되는 일상과 실패의 시간, 날마다 겪는 새로운 경험은 봄이 틔워낸 연한 초록의 새순을 거칠게 더욱 억세게 키워갔다. 이처럼 나의 여름을 방어적 위험기제의 인생관으로 살아내야 했다. 돌밭 위에 떨어진 씨앗들처럼 아예 말라버린 희망이 얼마나 많은지. 때론 주변의 모든 환경에 순응하고자 내가 아닌 다른 사람이 되어야 했다. 가족이라는 엄청난 힘을 통해 이겨낼 수 있었던 삶의 파고였다. 고맙게도 그 안에서 7월의 아기는 잘 자라났고 지금 서른네 번째의 여름을 맞고 있다.

인생에도 계절이 있다면 여름은 이미 내 곁에서 멀어진 지 오래다. 예순세 번의 여름 동안 무엇을 만들고 키워왔을까. 인생의 의미를 만든다거나 유익을 찾으려 어지간히 노력하며 살았다. 내 눈으로 나의 얼굴을 볼 수 없듯 그 시간을 살아낼 땐 그저 앞만 보고 달려왔다. 이제야 돌아서서 바라볼 뿐. 고통이나 환난 중에서 역설적으로 감사의 마음을 갖고 기쁨을 누린다는 것이 결코 쉬운 일은 아니었다. '아침에 도를 깨우치면 저녁에 죽어도 좋을 것'이라는 선현의 말씀을 상기한다.

가을이 내게 가까이 왔는지 삶이 예전과 많이 다르다. 급한 성격도 조금 다스려진 느낌이고 온갖 걱정으로 잠 못 이루던 밤도 적다. 겁 없이 달려들던 기개마저 사라진 듯하다. 참아낸 고통이 결국 나를 변화시킨 원동력이었다.

다시 올 여름을 희망한다. 새로운 봄이 지나가면 약동의 계절이 뒤이어 올 것이다. 나는 그 길 위 나무그늘에 걸터앉아 뭇사람의 삶을 바라보고 싶다. 행여 더위에 넘어지는 이, 너무 달리다 지쳐 목마른 사람이 있다면 일으켜 주고 물을 건네리라. 이 또한 아름다운 세상의 한 모퉁이를 채우는 몫이 될 터이니까. 틈틈이 내가 치열하게 살아낸 여름을 기억하리라. 후회도, 미련도 소용없는 자국들을 추억할 때면 함께 머물렀던 사람들이 그리워질 것이다. 나의 마지막 여름을 지낸 후 추수한 곡식 단을 한아름 안고 누런 가을들녘에 서서 웃고 있는 내 모습을 그려본다.

빈 터

물로 비석을 씻어 내린다. 동판 위에 새겨진 이름을 쓰다듬을 때 그이의 숨결이 손끝에 느껴온다. 모든 감각기관을 동원해 아주 섬세한 전율까지도 흡인한다. 남편과 내가 함께 쉴 자리로 마련된 곳은 집에서 불과 2마일 떨어진 성공회 묘지이다. 나누고 싶은 세상 얘깃거리가 떠오르면 이곳을 찾는다. 아직 더 하고픈 말이 있는데 마주 보고 들어줄 그는 없다. 좋아하던 흰 데이지 들꽃 한 묶음으로 안부를 묻는다. 밑가지 잎을 훑어내고 꽃병에 꽂는다. 편히 누운 그들의 가슴 위치에 꽃병이 놓이는 것이라 한다. 내가 그에게 주는 꽃이지만 그의 가슴에 품은 외로움 다발을 내가 건네받는 듯하여 가엾은 그리움이 스친다. 주변 묘지에 시들지 않은 꽃들이 많은 것은 그만큼 기억하는 이들이 있어 영혼에게 기쁨을 전함이다.

머리맡에 이고 있는 비석의 오른편은 나의 빈자리다. 어느 날,

더는 그리움 때문에 별 사이를 방황하지 않아도 될 날에 채워질 공간이다. 무엇으로 기억될 것인가. 숱한 만남의 시간 속에서 어떤 뒷모습을 보여줄 것인가. 모여진 하루하루를 빈 종이 위에 얹어 본다. 수없이 다른 모양의 나날들, 채색된 삶의 조각들이 어우러져 창공을 수놓을 때 멀리멀리 수묵향기로 퍼지고 싶다.

남편은 병상에서 그가 떠난 후 남겨질 자신의 역할까지 준비했다. 눈에 보이는 것들의 소유권 이양은 물론 아빠의 자리까지도 감당해야 할 내게 아이들의 튼튼한 울타리가 되라는 다짐을 잊지 않았다. 생애의 마지막 가을, 햇살 스미던 어느 날 그는 스스로 영원한 쉼터를 정하고 싶어 했다. 내 가슴은 차마 이별이 다가올까 시려오는 듯 무거운데 묘지 직원의 안내에 따라 빈자리들을 둘러보는 그의 침묵은 차라리 살얼음판이었다.

가파르지 않게 언덕진 곳, 남향으로 굽어보이는 산자락이 드넓은 천국의 평원처럼 해맑다. 머무는 햇살이 종일토록 따사롭다. 뒤편엔 토팽가 캐년의 바위산이 병풍처럼 둘러 있어 행여 외로움을 기대며 쉴 수 있을 듯하다. 낯선 영혼들 틈에서 우리가 겪어온 이민자의 서러움을 다시 이겨내느라 애쓰는 건 아닐까.

촘촘히 자리한 비석들이 이름으로 가득하다. '사랑받았던 아빠, 엄마, 남편, 아내, 또는 할아버지, 할머니', 어느 젊은이의 자리엔 '귀여운 내 아기'라는 구절도 있다. 각기 끝없는 메아리로 남겨주고 싶은 이야기들이 마분지만 한 동판 위에 너울거린다. '사랑해

요', '언제까지나 우리 가슴속에 있어요.' '당신을 잊지 못해요.'

그는 나와 함께 묻히는 자리를 원했다. 세상에서 못 다한 우리들의 이야기를 계속 나누기 원함일까. 손잡고 머물렀던 시간이 행복했다. 서로 다른 모양의 마음을 짜 맞추느라 부딪히며 아파한 날도 많았다. 고달픔을 상대에게 떠넘기고 도망쳐 사라지고픈 때도 있었다. 사랑하고 아끼며 기대어 함께 지탱해온 긴 시간이 나를 휘감아 남겨진 내 삶을 끌어갈 쟁기가 될 것이다.

그와 함께한 33년의 세월에 너무 익숙해 있음인가, 문득 내 혼자됨에 놀라곤 한다. 각종 서류의 '미망인'칸에 표시해야 할 때, 연말 남편 동문파티에 갈 수 없을 때, 동창모임에서 남편 자랑에 맞장구치지 못할 때면 가슴 한편이 시려온다. 죽음도 삶의 한 부분이라 마음에 새기며 일상에 몸을 맡긴다. 외로움 한 자락씩만이라도 거둘 수 있다면 가벼운 날갯짓으로 높은 창공을 날아 보리라.

가을이 깊어 가는지 국화가 만발이다. 해마다 11월이면 많은 기억이 나를 깨운다. 시집간 달이고 첫딸도 11월에 낳았다. 사랑하는 엄마도 가을국화 향기와 함께 11월 끝에 하늘로 떠나셨다. 모두가 풍요의 계절이라고, 감사의 절기라며 마음 넉넉한 시절이 돌아오면 늘 내 가슴은 떠나버린 제비들이 남긴 처마 끝 빈 둥지가 된다. 철새들은 봄이면 다시 오리라마는 세상길을 헤매어도 그 어디에서 만날 수 없는 사랑하는 이들이다. 좀 더 머물러 주지 그랬어. 나 혼자선 너무 힘든데.

둘이 맞잡고 가야할 길을 홀로 가는 일은 외롭다. 사람은 물론 모든 사물은 마땅히 있어야 할 자리가 정해져 있고 지켜야 할 시간이 있음이다. 애당초 함께 계획한 삶의 설계도가 끝날 에까지 어긋나서는 안 될 일이다. 한참 진행 중인 건축물이 지진을 만난 것처럼 무너져 버린 내 마음을 추스르기엔 많은 시간이 필요했다. 이제 그가 남겨준 좋은 것들만 안고 살아간다. 따뜻한 가슴을, 다정했던 그 손길에 묻어나는 체온을 더듬는다. 정확한 음정과 박자는 아니었지만, 자신의 마음이라며 불러주던 나훈아의 노래 〈사랑〉이 들리는 듯하다. 두 딸에게서 아빠 닮은 모습을 찾아본다. 손자에게도 외할아버지의 사랑 한 줌이 녹아있음을 느낀다.

죽음을 준비하며 의식이 돌아올 때마다 내게 되풀이하여 들려준 남편의 마지막 말, '미안해, 고마워, 사랑해.'라고 귀에 맴돌아 울린다. 남은 시간 동안 아름다운 모습으로 살다가 나 그에게로 돌아가리라. 다시는 놓지 않으리라.

청명한 하늘에 갈 까마귀 한 마리가 솟구쳐 오른다.

산안개 내리는 길

워싱턴 주 시애틀로 떠났다. 지난 두 번 길을 혼자 운전해 갔던 적이 있지만 이번엔 딸과 손자와 동행이다. 방학을 이용해 손자 녀석이 미국의 50개 주를 차례로 밟을 수 있는 체험을 프로젝트로 정하고 다닌 곳이 제법 많아졌다. 지난여름 텍사스 주까지의 긴 여정 후 이번 겨울을 맞아 오리건 주와 워싱턴 주를 돌아올 여행이다. 손자는 주경계를 지날 때마다 새 땅에 들어서는 정복자가 된 듯 환호를 터뜨린다. 우리가 살고 있는 캘리포니아 주와 아주 다른 풍광과 문화를 경험하지만 때론 색다른 법규가 있어 미리 알아두지 않으면 곤란을 겪을 때도 있다.

북쪽으로 올라가는 길은 캘리포니아 해안과 나란한 101번을 택했다. 산호세에 사는 조카 네에 들르기 위해서다. 내륙을 통해 가는 것보다 세 시간의 운전을 더해야 하지만, 여행길에서 반가운 사람을 만나는 일은 한결 즐거움을 더해준다. 해변은 모처럼의

비 소식에 구름 낀 하늘과 바다가 맞닿아 있다. 청명한 날에 보는 바다와는 많이 달랐다. 차분한 여행길을 안내해 주려는 듯 내 마음도 조용히 가라앉는다. 새해를 맞은 이튿날에 떠나는 길 위에 난 무엇을 뿌려 놓을 수 있나.

일주일 동안의 여행에서 가고 올 운전시간만도 4일을 잡아야 한다. 시애틀에서 머물 시간이 딱 사흘뿐이다. 딸과 교대로 운전하여 첫날엔 가능한 먼 곳까지 갔다. 오리건과 워싱턴 주 경계 부근에서 하루를 묵었다. 한참 북쪽까지 온 만큼 날씨도 제법 차다. 언제나처럼 여행길의 밤은 새로운 긴장감이다. 일상의 익숙함을 던지고 무언가 마주하는 기대의 설렘 탓이다. 시애틀에 사는 친구들의 정겨운 얼굴이 그려져 마음이 따뜻해온다. 오리건 주를 따라 올라가는 해안은 정말 신비로웠다. 곳곳에 떠있는 바위섬들이 나누는 얘기가 들려올 듯하여 조용히 비 내리는 바다를 바라보았다.

워싱턴 주는 울창한 숲으로 이어진다. 캘리포니아 주가 'Golden State'라고 일컫듯 워싱턴 주는 'Evergreen State'를 자랑한다. 침엽수로 가득 메워진 산이 마치 커다란 크리스마스트리 같다. 눈꽃이 휘날리는 산언덕을 조심, 또 조심 기어가듯 넘었다. 이런 기분을 언제 또 맛볼 수 있으리오. 마음속으로 나는 멀리, 아주 멀리 어릴 적 눈밭에 가 있었다. 돌아갈 수 없는 시간, 그래서 더욱 소중한 기억을 되새기고 있는 것이다.

눈발을 경험하기 어려운 손자는 신기함과 놀라움의 표정을 번갈아 지으며 연신 감탄이다. 운전대를 잡은 내 긴장감을 아는지. 산 고개를 넘고 나니 어깻죽지가 단단히 뭉쳐 있다.

시애틀에서의 꿈같은 사흘이었다. 어린 시절 함께 자란 동네 친구와 밤을 새웠다. 고등학교 동기동창들과 보낸 시간은 왜 그리 짧은지. 모두가 곱게 나이 들어가는 모습이 보기 좋았다. 하나둘 남편과의 이별이 늘어가니 나처럼 외로움에 젖어드는 같은 마음이리라. 시애틀의 회색빛 날씨처럼 이젠 들뜨지 않은 삶의 길을 평안히 걸어가기를 빌어본다. 비 내리는 거리와 젖은 커피 향은 묘한 감성을 일으키는 이 도시의 또 다른 매력이다. 삶의 끝자락을 이곳에서 매듭짓고 싶다는 생각을 잠시 떠올렸다.

돌아오는 길은 단조로웠다. 내가 있어야할 곳, 해야 할 일이 기다리는 일상으로 복귀다. 내륙으로 통하는 5번 프리웨이를 따라 산을 넘었다. 남편 생전에 주말이면 무작정 길 떠나기로 수없이 넘나들던 익숙한 산자락이다. 그동안 비가 내렸다지만, 다행히 마른 땅이어서 쉼 없이 달릴 수 있었다. 열 시간을 달려 캘리포니아에 들어섰다. 왠지 푸근해지는 기분, 아마도 고향땅에 닿았다는 안도감일지 모른다. 지나치는 자동차의 번호판이 내 것과 같은 모양인 것도 친근하게 느껴진다. 다시 쉼을 위해 호텔에 들었다.

집으로 향하는 마지막 새벽, 일찍 출발이다. 미국 서부를 여행하면 많은 산길을 만난다. 로키산맥을 따라 연결된 언덕이 곳곳에 펼쳐져 있다. 새벽의 산은 신비롭다. 좁고 굽은 길을 돌아서며 계곡 사이에 내려앉은 안개로 사방이 막혀 마치 나 혼자 떠있는 착각이 든다. 산안개는 높은 봉우리를 공중누각으로 세워놓고 땅 아래의 세상을 외면하는 듯하다. 정녕 내가 딛고 있는 땅에서 무엇을 이루고 저 높은 봉우리까지 다다를 수 있는지. 안개가 걷히고 나면 다시 이어질 그 길 위에 나도 서게 될 것이다.

집을 떠나 있는 동안 이곳에도 많은 비가 내린 것 같다. 마른 풀잎들이 푸르게 살아났다. 집 앞에 보이는 산봉우리 언저리에 큰 구름이 떠다닌다. 산안개는 내일 새벽 햇빛이 흩어놓을 때까지 나를 지켜보려나 보다.

노래는 즐겁다

내가 사는 밸리 지역 신문에 자주 올라오는 기사가 있다. 창단된 지 6년이 지난 '밸리한인여성매스터코랄'이다. 기실 밸리를 대표하는 여성파워의 상징이라 할 수 있다. 오래 전부터 관심이 있었지만 직장에 매어있는 나로서는 감히 입단할 꿈도 꿀 수 없었다.

어린 시절부터 음악과 인연이 깊었다. 초등학교 시절 우리나라 생활수준은 몹시도 낮았을 뿐 아니라 예능교육의 기회가 거의 없었다. 이북 피난민인 우리 가족도 예외가 아니어서 생계유지와 네 자녀 교육을 위한 부모님의 피나는 노력과 희생이 있었다. 딸이라는 이유로 제대로 교육을 받지 못한 것이 평생의 한이라시던 엄마는 자녀 양육 철학인 '도둑질 빼고는 다 배워라'를 내세우며 아이들의 소질과 개성을 주의 깊게 파악하셨다. 실제로 이러한 엄마의 관심 덕분에 내가 살아오면서 많은 탤런트를 개발하여 이

옷과 나눌 수 있는 풍요로움을 축복받았다.

초등학교 2학년부터 피아노와 성악 개인 레슨을 받기 시작했다. 돈암동에서 정릉의 선생님 댁까지 버스를 타고 열심히 다녔다. 눈이 너무 많이 내려 교통이 마비되었던 어느 추운 겨울날엔 중무장을 하고 그 먼 거리를 걸어갔던 기억도 가슴 한편에 남아있다. 그땐 집에서 연습할 피아노가 없었기에 엄마의 재봉틀 위에 아버지께서 그려주신 빳빳한 마분지 건반을 올려놓고 악보가 내 손에 외워질 만큼 반복하곤 했다. 오십여 년이 지난 지금도 나는 그 시절에 배운 기초로 피아노를 연주한다.

타고난 음악적 소질로 KBS어린이합창단원이 되어 많은 공연과 방송활동을 함으로써 추억의 보물 상자를 채울 수 있었다.

중·고등학교에서 학업에 열중하면서도 교내 합창단 활동을 쉰 적이 없었다. 그만큼 내게 노래는 멈출 수 없는 열망이었다.

노래하기만큼 공부도 열심히 하였다. 항상 엄마는 목표로 삼은 그 무엇에 대해 최선을 다하지 못함을 크게 꾸짖으셨다. 높은 경쟁률을 뚫고 대학교 합격 소식이 있던 날 엄마는 정말 기뻐하셨다. 수개월 후 엄마는 나를 영원히 떠나셨다. 엄마의 장례를 치르고 난 얼마 후 사랑하는 조 수녀님께서 기타를 선물로 주셨다. 당시는 대학가에 통기타 열풍이 불고 있을 때라서 내겐 새로운 음악세계를 접할 좋은 기회였다. 왼손가락 손톱 밑이 부어올라 물집이 잡히고 피가 나서 굳은살이 박이도록 코드 연습을 했다.

대학 생활 내내 학교 행사에서 활동은 물론 학과 답사여행 때에도 기타는 빼놓을 수 없는 필수품이었다. 성당에서는 복음성가 반주로 은혜로운 시간을 도울 수 있었고 마음이 울적할 때에 추억을 회상하며 노래 부르면 빛바랜 기억들이 되살아나 잃어버렸던 조각들이 살포시 나의 가슴을 보듬는다.

지금 나는 오랫동안 열망하던 여성합창단의 단원이 되었다. 대학졸업 후 한 번도 쉬지 않고 일했다. 젊음과 야망 속에서 절제를 배웠고 나름대로 사회에 이바지하며 생존해 왔다. 이제 다시 나만의 세계로 회귀하여 흩어진 옷매무새를 바로 잡고 신발 끈을 고쳐 맨다. 중년을 훌쩍 넘은 나이에 모여 노래하는 단원들의 모습에서 무언지 모를 애절함이 느껴진다. 늙음에 대한 안타까움일지도, 아니면 인생에서 지고 있던 짐을 모두 벗고 홀가분한 마음으로 정리하고픈 차분한 열정일 수도 있다.

이젠 세월의 흐름만큼 내 목소리도 퇴색되어 가지만, 나는 노래를 그치지 않으리라. 살아오는 동안 내게 주어졌던 많은 이야기들을 들려주리라. 바람에 노래를 실어 대지에 흩어놓으며 누구나 한 번뿐인 삶을 기쁘고 아름답게 노래하라 외치고 싶다. 내 마음 안에 스쳐간 모든 이들의 멜로디가 각기 다른 음색으로 남아있다.

새 아침을 열어 아름다운 이 세상을 찬미하리라.

코스 없는 마라톤

한 무리의 건각들이 축제의 광장으로 모여든다.

'LA국제마라톤대회'는 해마다 3월의 둘째 주에 열린다. 세계기록을 가진 선수들을 비롯하여 2만여 명의 마라토너가 참가하는 대대적인 행사로 자리 잡았다. 마라톤 코스에 있는 일부 교회들은 주일예배를 취소할 만큼 봄볕 아래의 뜀박질은 매우 성황이다.

2000년 제 15회 대회에서 나는 마라톤을 완주하였다. 두 해 전부터 우리 부부는 건강증진을 위해 뜀뛰기 그룹에 합류하여 정기적인 운동을 하였다. 작은 비즈니스를 갖고 있던 우리에겐 과중한 건강보험비가 부담되어 스스로 우리 체력을 키우겠다는 목표 아래 시작한 운동이었다. 동네학교 운동장에서 새벽마다 트랙을 돌며 훈련을 하였다. 네 바퀴를 돌아야 1마일이라는데 처음에는 한 바퀴만 뛰고 나도 다리가 떨렸다. 거듭되는 훈련으로 차츰 뛰는 거리가 늘어났고 1년이 지난 후엔 한번에 5마일정도는 거뜬하였다. 기왕 훈련을 시작한 김에 마라톤에 도전해 보고 싶었다. 26.2 마일, 우리 셈으로는 백 리에 해당하는 거리였다.

목표를 정하고 코치를 세워 제대로 뛰는 훈련을 하였다. 호흡법도 배우고 발을 내딛는 순서도 익혔다. 지금껏 달리던 방법으로는 그 먼 거리를 계속 갈 수 없을 뿐 아니라 숨 조절도 어려웠다. 더욱이 무릎에 부담이 되는 것은 치명적이다. 그 이듬해 남편은 혼자서 4시간 30분의 기록으로 마라톤을 완주했다. 쉰세 살의 나이 그룹에서는 평균보다 매우 빠른 기록이었다. 일 년을 더 준비하여 나도 도전하게 되었다.

막상 욕심을 내어 출전을 결정하였지만 두려운 마음이 앞섰다. 과연 그 먼 거리를 계속 뛸 수 있을까, 중간에 멈춘다면 몹시도 자존심이 상할 것 같았다. 성당 식구들도, 가족들도 미리 응원할 장소를 정해놓고 중간거리 이상부터는 매 마일마다 지켜 서서 힘을 북돋워 주었다. 남편은 지난해에 한번 뛴 경험이 있어서인지 여유 있어 보였다. 그는 나보다 훨씬 빠른 속도로 달리기에 함께 갈 수는 없었다.

스타트의 신호가 떨어지고 일제히 출발점을 떠난다. 2만여 명의 사람들이 한꺼번에 출발선에 설 수 없기에 각자의 운동화 끈에 매단 조그만 컴퓨터 칩이 출발선을 통과하는 각자의 시간을 기록한다. 그 뿐만 아니라 뛰는 코스를 다 기억하므로 행여 코스를 빗나가면 무효처리가 된다.

남편은 의외의 제안을 하였다. 처음부터 끝까지 나의 페이스에 맞춰 뛰겠다는 것이다. 내가 혹시라도 포기할까봐 염려스러웠던 모양이다. 속으로 안심이 되어 좋았지만, 그이의 기록에 마음이 쓰였다. 지난해보다 시간이 많이 지체될 것이 자명했기 때문이었다.

열심히 달렸다. 마침 우리가 결혼한 지 25년이 되는 해였다. 26마일을 완주하기 위해서는 힘의 안배가 필요했고 마음의 평정이 중요했다. 매 1마일을 뛰면서 우리는 우리의 결혼 1년씩을 돌아보자 하였다.

1, 2, 3마일…. 앞으로 나아가면서 처음엔 희망과 행복을 그렸다. 눈에 보이는 기쁨과 열매도 있었다. 10여 마일을 통과하면서 고통과 서로에 대한 실망, 좌절, 때로는 싫증까지도 느끼고 있었다. 18마일에 이르니 앞이 보이지 않았다. 몸도 마음도 지쳐 그대로 주저앉고 싶었다. 포기하고 싶었다. 이렇게 죽을 것 같은 고통을 참고 완주하여 무어 그리 대단한 것을 얻을 것인가. 겨우 완주 메달뿐인 걸. 애초에 출전을 결심하면서 스스로 내 참을성의 한계를 시험해보고 싶었는데 역시 나는 끈기가 부족한 사람임을 확인했다.

결혼 20년쯤에 우린 어떤 모습이었나. 아이들은 각각 고등학생, 중학생이었고 이민의 삶이 나름대로 궤도를 따라 기계적으로 돌아가던 때였다. 새로울 것이 없고 특별한 감각을 상실한 채 지친 몸과 마음을 다스려야 했다.

남편은 곁에서 계속 얘기를 이끌었고 나를 달래며 용기를 주었다. 이번 마일 코너만 돌면 우리 식구들이 기다리고 있다며. 발이 움직인다는 느낌도 없이 허공에 뜬 것 같은 얼마만큼의 시간이 지났을까. 놀랍게도 내 몸 어디에선가 새로운 힘이 솟아올랐다. 절망의 바닥이라고 느꼈을 때를 잘 견디어 냈고 26.2마일 도착점을 똑같이 밟았다. 무려 여섯 시간을 달려왔다. 내 나이 여성 그룹의 평균치에 해당하는 기록이었다.

둘이서 함께한 시간 속에서 우리의 삶을 돌아보았다. 그 안에 깃들었던 온갖 흔적들을 보듬고 상처를 감싸 주었다. 미처 고백하지 못한 잘못과 오해들을 다 내어놓았다. 다음날 남편은 걸음을 제대로 걷지 못하였다. 내 속도에 맞추어 발을 내딛느라 무릎에 무리가 간 것이다.

어쩌면 25년의 결혼생활 중에서도 때론 내 고집에 맞추기 위해 얼마나 힘든 마음을 끌어안고 살아왔을까. 사랑으로만 평생을 살 것 같았던 착각을 깨우치며 인내와 좌절의 순간들을 지나 함께 도달해야 할 그곳을 향해 오늘도 걷는다.

지금껏 정해진 코스대로 살아오느라 어려움도 많았다. 내가 만든 것은 아니지만 가야할 길, 세상 사람들 틈에서 함께 밀려오며 뒤떨어지지 않기 위해 달음질쳤다. 이젠 주어진 코스완주의 테이프를 끊고 나만의 길을 선택할 수 있다. 남이 가는 길에 무조건 끼어들 필요도 없다. 굳이 체면이나 의무 때문에 어려운 길을 가지 않아도 될 것이다. 고통이 밀려올 땐 그저 머물러 아무 생각 없이 쉬리라.

태어날 때부터 우리에겐 각자의 삶의 코스가 있음이다. 그 길을 마다 않고 묵묵히 가는 사람은 행복하다. 혼자서 걸어가다 문득 돌아보며 지난 길에 새겨진 기억들을 등에 업고 한번 위로 추슬러 자장노래라도 부르면 즐거우려나. 얼마큼 남았는지 알 수 없는 삶의 도착선에 사뿐히 발을 디딜 때까지.

제 2 부

기억의 저편

너는 내 아기

응급실 병동으로 들어갔다. 밤새 두통과 구토로 괴로워하던 딸의 눈동자가 풀린 듯 보인다. 안에는 급하게 달려온 환자들로 붐볐다. 이름이 불릴 때까지 초조한 마음으로 기다리는 가족들이다. 내게 기댄 채 힘없이 내리 감은 아이의 눈가가 애처롭다. 얼마가 지났을까 딸의 진료순서가 되었다.

큰딸을 가졌을 때가 생각난다. 결혼해서 가진 첫아이를 7주 만에 자연유산으로 잃었다. 큰 실망과 충격이었다. 첫 임신의 실패로 다음 아이를 갖기가 무척 어렵다는 말에 불안한 마음마저 들었다. 일 년이 지난 다음에야 아기가 생겼다. 교사생활을 하고 있던 나는 각별히 몸조심에 마음을 썼다. 종일 선 채로 네다섯 시간의 수업을 하고 집에 돌아오면 퉁퉁 부어오른 다리가 너무 무거웠다. 추수감사절을 며칠 앞둔 좋은 계절에 큰딸이 세상에 나왔다. 유난히 작은 체구를 가지고 태어난 딸은 시집 가 아기를 낳은 후에도 크게 달라지지 않았다.

딸아이에게 엄청난 일이 생긴 건 손자가 두 살 반 무렵이었다. 오랫동안 모터사이클을 즐기던 사위는 그 토요일 아침 다녀오겠다는 인사로 집을 나선 후 돌아오지 못했다. 자동차와 부딪힌 그 아이는 스물아홉의 아내와 애비를 꼭 빼닮은 두 살배기 아기를 남긴 채 영영 우리 곁을 떠났다. 언제나 긍정적이고 밝은 성격, 피아노 연주를 즐기고 엄마 일을 잘 도와주는 따뜻한 성품을 가진 착한 딸에게 우리 부부는 아무런 말도 할 수 없었다. 딸 앞에서 남편에게 '여보'라고 부르는 일조차도 미안하고 마음이 쓰였다. 그 후로 이제까지 아빠 없는 아이를 키우느라 남모르게 얼마나 많은 어려움을 갖고 있겠는가. 곁에서 도와준다고 해도 사내아이에게 필요한 아빠의 빈자리를 메우기에는 부족함이 어찌 없으랴. 한 번도 어두운 표정이나 불평 없이 잘 견디어 오다가 이제 지친 딸의 모습을 보니 내가 대신 겪어낼 수만 있다면 그 아픔을 몽땅 옮겨 오고픈 어미의 마음이다.

딸이 의사에게 들어간 동안 대기실이 너무 추워 건물 밖으로 나왔다. 원래 병원의 실내온도가 낮기도 하지만 아픈 이들이 나아지기를, 고통이 줄어들기를 바라는 가족들의 마음은 더 추운가 보다.

옆 건물은 앰뷸런스에 실려 오는 환자들이 가는 곳이다. 좁은 주차장에 쉴 새 없이 구급차들이 들어선다. 의식이 없는 사람,

몸을 가누지 못하는 사람, 어느 환자는 아프다며 소리를 질러댄다. 모두가 다른 이들의 도움으로 옮겨지고 있다. 과연 살아 있음은 무엇인가, 생명의 끝은 어디인가.

아직 뜨거운 낮이 되기 전 연한 햇살이 좋다. 병원 밖도 사람들의 왕래로 부산스럽기는 마찬가지다. 다친 팔에 깁스를 한 남자아이, 휠체어에 탄 채 멍한 표정인 환자, 작은 꽃다발을 들고 바삐 걷는 젊은이도 눈에 뜨인다. 그의 얼굴도 그리 밝아 보이지 않는다. 저쪽에 갓난아기를 조심스레 안고 휠체어에 앉은 산모도 보인다. 아픈 사람만 오는 병원이 아니다. 새 생명의 환희도 함께 있다. 오늘 이 병원에서 얼마나 많은 생명이 새로 나고 또 사라질까. 누군가에겐 저 태양이 마지막 빛이라 생각하니 따뜻한 햇볕이 오히려 시리게 느껴진다.

진료가 끝났다. 아까보다는 핏기 도는 얼굴이다. 아이와 마주치는 안도의 눈빛이 어미 가슴에 꽂힌다. 서른일곱 살의 내 아기가 사랑스럽다. 좁은 어깨를 꼭 안아주었다. 오래 살아야 하나. 곁에 있어주는 것만으로도 아이들에게 힘이 된다면 말이다.

꿈꾸는 지갑

지갑이 입을 벌린 채 상자에 담겨 있다.

악어가죽이라곤 했지만 내 눈에는 장어가죽인 게 틀림없다. 오래 전 이민 길에 남편의 친구가 건네주며 악어처럼 용감하게 살라던 당부가 새삼스럽다.

이민 온 지 6개월 만에 우리는 조그만 패스트푸드 가게를 인수했다.

무역회사에 근무하던 남편과 교직생활을 하던 내겐 너무도 생소하다 못해 꿈속에서 일어나는 일 같았다. 햄버거와 샌드위치를 사먹기만 했던 우리가 이젠 직접 만들어 팔아야 하는 처지가 된 것이다. 이 작은 공간이 우리 가족의 생명줄이었다. 2주 동안 전 주인에게 만드는 법을 배웠지만, 손은 무디고 순서도 쉽게 익혀지지 않았다.

더욱이 잔돈을 거슬러 주는 일에 동전을 맞추기가 복잡했다.

처음으로 도움 없이 장사를 시작한 그 날을 잊지 못한다.

마치 용맹한 전사의 마음가짐이랄까, 우리 부부는 두려우면서도 단단한 각오였다.

밸리 지역의 다운타운이라서 매우 분주한 자리였다. 연방공무원들이 주된 단골이고, 법원과 정부기관을 찾는 시민들의 왕래도 잦았다.

최선을 다했지만, 손님들의 주문에 빨리 응하지 못하는 우리를 기다려 주었다. 정말로 고마운 사람들.

매일 반복되는 일에 익숙해지면서 오래지 않아 자리가 잡혔다. 옛 주인과는 다른 방법으로 운영을 시도하고 손님들과의 친화에 마음을 쏟았다. 장사해 본 경험이 없었지만, 다른 선택이 없는 상황에서 우리는 온갖 노력을 했다.

하루의 매상을 정리하는 데에 악어지갑을 사용했다. 용맹스러운 악어를 닮기 위한 마음도 함께 모았다. 가게를 붙잡고 있던 11년 동안 그 지갑에 담겼던 돈의 숫자는 헤아릴 수 없다. 모두 내 것이 되진 못했어도 매일 밤 고단한 삶이 녹아있는 구겨진 돈을 세며 우리는 희망을 다림질하고 있었다. 잠시나마 부자가 된 기쁨을 한없이 누렸다.

강보에 싸인 갓난아기를 안고 왔던 멕시칸 단골은 이제 듬직한 소년이 된 아들을 앞세우고 찾아왔다. 초등학생이었던 우리 두 딸도 그 가게와 함께 커갔다.

악어지갑은 우리의 세월만큼 해져서 귀퉁이가 터지고 윤기도 없다. 지퍼는 벌어져 돈을 품지 못한다. 한때는 보물창고 역할을 충실히 히였건만.

어찌 망가지고 쓸모없어진 것이 지갑뿐이랴.

한번 머물렀다가 지나간 사람들, 추억의 시간, 귀하게 다루던 물건들마저도 어디론가로 자취를 감추어 버려 다시는 볼 수 없는 아쉬움에 난 눈물 훔친다.

그냥 잊기에 너무도 아까운 기억들, 잊어서는 안 될 사람들을 가슴속에 펴본다.

낡은 지갑을 집어버리려 했는데 딸아이가 말린다. 엄마, 아빠의 수고를 자기가 간직하겠노라고. 남편의 유품과 함께 상자에 넣어두었다.

훗날 나마저 떠나고 나면 아이들은 손때 묻은 악어 지갑을 보며 무엇을 생각하려나.

하루하루 희망을 담으며 살아온 부모의 모습을 기억해 준다면 행복하겠다.

내 인생의 터닝 포인트

　세상에서 제일 잘난 줄 알았다. 중학교 입학시험에서 떨어지고 후기 여중에 다녀야 했을 때까지 나보다 더 똑똑한 사람은 없는 줄 알았다. 스스로에게 실망한 것은 물론이고 자라면서 실패에 부딪힐 때마다 '2차인생'이라는 자괴감을 느끼게 된 것도 그 경험의 자국 때문이었다. 대학에 진학한 후부터 서서히 상처가 엷어지는 듯하였다.

　근거 없는 자신감이라 하던가. 내가 지극히 평범한 자신을 깨닫지 못하고 살아온 이유는 엄마로부터 기인한다. 종가의 맏며느리로 시집와서 딸만 넷을 낳은 엄마는 자신의 고된 운명을 딸자식을 통해 메우려 했나 보다. 어려운 피난민의 삶이었지만 교육에 대한 열망만은 누구에게도 뒤지지 않았다. 특히 내게 대한 기대는 집착에 가까우리만큼 높았고 엄마에게 내 존재는 늘 세상의 최고였다. 막내딸에게 마지막 희망을 두었던 인생이었을까. 대학 신입생이 된 얼마 후 엄마는 작은 목표라도 이룬 듯 안심하며 생을 마감하였지만 언제나 내 삶 속에 머물러 계신다.

친구 같은 동반자를 만났다. 그는 허물어져 상처 난 나를 치유하기에 충분한 온기를 지닌 진흙담 같은 사람이었다. 우리는 결혼하고 각자의 일에 충실했고 포근한 가정을 꾸미기 위해 함께 노력했다. 삶의 가치를 높여준 귀한 시간이었다. 창조의 신에게서 받은 축복을 맘껏 누릴 수 있었다. 점점 인간관계의 폭을 넓혀가며 세상 속에 어우러져 작은 부분을 차지하고 나와 남과의 다름을 배우며 지구 퍼즐을 완성하는 임무를 수행하게 되었다. 자칫 멈춰버릴지도 몰랐을 내 삶을 살찌게 해준 고마운 사람이었다.

태어난 곳을 떠났다. 익숙한 말과 문화, 친근한 이웃과의 소통을 모두 놓아둔 채 새로 미국의 삶을 엮었다. 많은 것을 익히고 변화에 적응해야 했다. 생존하기 위해 노동의 기회도 만들어야 했다. 내 나라에서라면 겪지 않아도 될 암담한 일도 많았지만 순응하는 훈련을 통해 이겨냈다. 나를 향해 있는 과거는 그대로 끌고 가려는데 앞에 놓인 현실은 끊임없이 내게 새로움을 요구했다. 미국으로 옮겨진 내 인생이 전환점을 돌아 격랑의 변화를 가져다준 셈이 되었다. 인생의 후반전을 새로운 경기장에서 치르는 것 같아 잠시도 긴장감을 늦출 수 없었다.

인간의 한계를 넘어서는 곳을 찾았다. 어려서부터 보았던 기도의 삶을 익히고 닿을 수 없는 세계를 동경했다. 잔인한 세상이

가르쳐 주지 않는 물음의 답을 찾기 위해 매달리고 신음했다. 보이는 것만으로 마음을 채우기에는 너무도 부족한 것이 많았다. 인간은 물리적인 유기체를 살려 나아가려 끊임없이 영혼의 움직임을 살피는 존재인 것을 깨닫는다. 언젠가 다시 옮아가야 할 또 하나의 세계는 어디쯤일까. 내게 주어진 지상에서의 몫을 어느 만치 갚았다고 자부한다. 이제 눈을 들어 영원한 곳에 초점을 맞추고 나를 다스릴 일이다.

어릴 적 살던 동네에는 작은 골목길이 많았다. 촘촘한 집들 사이로 서로 얽혀있어 때론 빠져 나오지 못한 채 몇 바퀴를 돌고 또 돌았다. 골목 끝에 이르러서야 돌아선 길의 방향을 알 수 있었다. 내가 찾는 곳이 아니면 되돌아 나와야 했고 그러면서 많은 시간을 허비하기도 했다.

오늘도 삶의 모퉁이에 기대어 선다. 수없는 인생의 전환점을 만나며 지나왔다. 엄마는 나 스스로 무언가 이루기를 시도할 때부터 줄곧 안내자였다. 잘 정리된 길 위에 얹어주셨기에 똑바로 걸어올 수 있었다. 외형적 환경의 변화든 풍요로운 정신세계를 구축하고 싶은 욕망의 기회든 자신의 선택과 노력이 삶을 이어가게 한다.

이젠 내 현재의 모습에 집중하고 싶다. 오지 않은 시간에 대비하는 새로운 삶의 분깃점이기 때문이다. 설령 보이는 길 끝까지 달려간 다음 펼쳐지는 그것에 실망하게 된다 해도 그저 푯대를 향해 열심히 뛸 뿐이다. 지금까지 앞만 보고 달려온 길이라면 이제부터라도 여유 있게 주변을 살피며 가고 싶다. 인생의 터닝 포인트는 주어지는 것이 아니고 내가 만드는 것이라 믿는다.

따뜻한 보속

고해성사의 긴 차례를 기다린다. 삶 속에서 알게 모르게 지은 무수한 죄가 한꺼번에 스쳐 지나가니 무엇부터 성찰해야 할지 머릿속이 멍하다. 생각만으로, 말로, 때론 행위로써 얼마나 많은 사람을 단죄하며 아프게 했는가. 행여 남들에겐 교양 없는 인간으로 보일까 위선으로 침묵할 때도 많았다.

지금까지 얼마나 많은 고백이 이어졌던가, 또 앞으로 몇 번이나 이 같은 기다림의 자리에 서게 될 것인가. 신자 된 의무로서 행하는 고해성사가 아니라면 그나마 죄를 돌아봄 없이 살아갈 나를 생각하니 엄청난 두려움에 가슴이 찡 한다.

길게 늘어선 신자들의 표정은 무척이나 숙연한 모습이다. 각자 삶의 무게와 조건 속에서 하느님을 향한 희망의 끈을 굳게 붙들고 있는 각오에 찬 눈빛들이다.

고해소에서 무릎을 꿇었다.

어두운 불빛이 장궤틀의 위치만을 희미하게 비치고 있어 하마터면 넘어질 뻔하였다.

방금 이 고해소에 들어오기 전까지만 하더라도 저지른 잘못 중에서 가장 심각한 내용들을 정리하고 있었는데 어쩐 일인지 기억이 지워져 버렸다.

"나의 범한 모든 죄를 전능하신 하느님과 사제에게 고한다."며 내 입술은 습관처럼 읊고 있었다. 다시는 같은 잘못을 되풀이 하지 않겠다는 결심을 몇 번이고 마음에 새기건만, 이미 나쁜 타성에 젖어버린 고백은 이어진다. 하느님께는 물론 가족과 이웃에게 못 다한 의무들을 나열하며 참으로 부끄러운 마음에 목이 멘다. 조금 더 겸손한 마음이었어야 했는데, 잠깐 더 기다려 주었어야 했는데, 더 많이 사랑할 수 있었는데. 어쩔 수 없는 나의 오만과 무관심으로 무너져 버린 것들을 모두 내어 놓는다.

다시는, 다시는 그렇게 살지 않겠노라 마음속으로 외친다.

사제의 훈계와 보속을 기다린다.

미국에 유학중이신 손님 신부님의 따뜻한 음성이다. 의례적인 권면일 것이라는 나의 짐작을 뒤엎는 차분한 말씀이 이어진다. 기죽은 마음에 용기를 불어 넣어주는 위로, 하느님의 가장 큰 사랑 안에 있는 나의 존재를 일깨워 주는듯한 힘을 느꼈다.

지금껏 받아본 적 없는 신선한 보속이었다.

마주치는 이들에게 마다 미소를 주라고, 이웃에게 사랑의 마음을 전하라고, 도움이 필요한 이들에게 힘이 되어 주라는 아름다운 보속이었다.

평화의 물결이 은은히 흐른다.

살아있기 때문에 용서받을 수 있음이 얼마나 큰 축복인가. 죽음의 순간에는 하느님의 모든 은총과 회개할 기회마저 멈춘다지 않는가. 열심히 살아가자. 넘치는 축복에 끝없이 감사하자며 내 마음을 다독거린다.

비라도 곧 뿌릴 것 같은 회색빛 하늘, 구름 사이 햇빛과 작은 미소를 나눈다.

착각

　예쁘다는 말을 들어본 적이 없다. 나를 보는 사람들은 복스럽게 생겼다든가 혹은 돈이 붙을 관상이라 했다. 어려서는 통통했고 커가면서 투실투실한 인상을 주는 내게 건네는 위로의 말이라 여겨진다. 매력적인 외모를 가진 여자들이 누리는 혜택이 나와 상관없는 일이다.

　엄마는 늘 말씀하셨다. 막내딸을 예쁘게 낳아주지 못해 미안하다고. 조물주의 솜씨대로 빚어진 내 모습을 어쩌랴. 요즘 같은 세상에 태어났더라면 엄마는 빚을 내서라도 성형수술로 보기 좋게 고쳐 주셨을 것이다. 예방주사를 맞는 일조차 두려워하는 나도 예뻐지기 위해서라면 성형외과에 갈 용기를 낼 수 있었으리라. 미인박명(美人薄命), 또는 미인박복(美人薄福) 덕에 지금까지 잘살고 있다고 믿으니 마음이 가볍다.

　내겐 돈이 없다. 한 번도 돈이 머물러 있던 때가 없었다. 대학

졸업 후 30년 세월을 열심히 일하며 꽤 많은 돈을 번 것 같은데 재산이 없으니 억울할 일이다. 보는 이마다 예언했던 그 부자는 어디로 간 것일까. 주변 사람들마저 돈이 없다는 내 말을 믿어주지 않는다. 귀에 익숙한 말 때문이었을까. 살아오면서 내가 가난하다는 생각을 한 적도 없으니 천만다행이다.

'돈이 있으면 쓰고 없으면 못 쓴다'라는 것이 나의 경제철학이라면 '돈이 있을 때는 저축을 해야 하고 돈의 여유가 없으면 절약해야 한다'는 것이 남편의 주장이다. 언제나 돈 쓰는 일로 다투었고 소비 패턴이 너무 달랐다. 그러니 내게 돈이 머무를 리 없고 남편은 돈을 마음 놓고 써보지 못한 채 세상을 떠났다. 경제학을 공부한 사람이라서 잘살 것이라 기대하고 결혼했다는 말에 본인은 경제적으로 잘 사는 사람이라고 응수하며 내게 쓴웃음을 날리곤 했다.

처음으로 미망인 연금을 받았다. 육십 살 생일을 지나고서야 수급 자격이 된 것이다. 남편이 생전에 낸 세금이 내 노후의 생활비로 돌아왔다. 그이의 목숨 값이라 생각하니 가슴에 쿵하고 돌하나가 떨어진다. 잘 쓰려 계획한다. 귀하게 사용하고 싶다.

사회연금법으로는 내 조기은퇴 나이까지 적어도 2년을 기다려야 하지만 혼자 남은 애처로움을 나라가 일부 보상해 주는 느낌이라 미국에 감사할 따름이다. 일하지 않아도 죽을 때까지 매월 주어질 연금 덕에 나는 작은 부자가 되었다.

육십 년을 속아 살았나보다. 아니 착각 속에 살아온 것 같다. 때로는 행복한 착각 속에서 삶을 이끌어 나아가는 일이 풍요로운 인생을 만드는 기폭제 역할을 할 수도 있을 것이다. 남에게 피해를 주지 않는 범위에서면 문제가 없다. 어쩌면 사람들은 자신이 원하는 것을 사실이라 믿으며 살아가는지도 모른다. 스스로 똑똑하다고 우쭐대는 사람들, 자기의 생각만이 옳다고 목소리를 높이는 사람들을 가끔 만난다. 내게도 나만이 고집하는 착각이 왜 없으랴. 그래서 '착각에는 커트라인도 없다'는 우스갯소리가 나왔을까.

나는 늘 부자가 될 것이라고 최면을 걸면서 살았던가 보다. 앞으로도 그 꿈은 지켜 가겠다. 착각은 자유라던데. 굳이 예뻐지려 애쓸 이유도, 못 생겼다고 주눅이 들 일도 아니다. 부자의 관상을 그대로 유지하며 계속 착각을 즐기련다. 주름져 가는 얼굴이 여전히 복을 담아 줄는지는 알 수 없지만, 단정하게 가꾸는 일은 게을리 말아야겠다.

주머니 속에 얼마가 들어있든 그 돈은 내 마음대로 쓸 수 있으니 나는 정말 부자가 아닌가. 재벌의 총수라 해서 많은 자산을 모두 자기욕구에 따라 쓸 수 있겠는가. 부족한 듯 앞뒤 재어가며 사는 나의 삶이 참된 생동감 속에 머무는 매일이다. 황홀한 착각 속에 빠진 부자의 하루다.

겨울비는 내리고

물기를 머금은 흙냄새가 실눈 같은 숨결을 깨운다. 잔뜩 찌푸렸던 하늘이 무겁게 내려앉으며 비를 흩어 놓는다. 앞마당 잔디에 비료를 뿌려준 직후라서 달밤에 님 만난 듯 몹시도 반갑다.

아무리 작은 일이라도 때를 맞출 수 있다는 것은 쉽지 않다. 만물이 자연의 인연 속에서 쉴틈 없이 엮어가는 질서일 테니까. 싱그러운 초록빛을 더해 주리라.

현관에서 마주 보이는 토팽가 캐년 산자락 능선이 구름에 가려 희미하다. 하늘과 닿은 산 경계 사이로 돌빛이 선명하게 드러난다. 무슨 일이 있어도 항상 그 자리를 지키고 있노라며 당당한 모습이다. 내가 힘들 때마다 늘 보호해 줄 것처럼.

겨울을 맞을 무렵 사관생도의 각진 머리처럼 잘라준 장미나무 가지에 새잎이 뾰족이 세상구경을 나왔다. 한여름 무성했던 가지들, 아직 덜 시들은 꽃송이들이 매달려 있거늘 정원사는 사정없이 가지를 쳐냈다. 때론 나의 마음도 이처럼 결단 있는 관리가 필요하겠지. 애달파 하면서도 놓을 수 있는 용기. 다른 것, 새로운 것이 자리할 수 있는 터를 마련해 놓아야 하기에. 어렵게 차지한 꿀단지를 온 힘으로 끌어안고 제자리를 맴돌다 결국 그 속에 갇혀 갈 길을 잃어버리는 곰은 아니고 싶다.

비 오는 날이면 신작로를 따라 뛰고 싶다. 가다가 가겟집 양철 처마 밑에 엉거주춤 서서 긴 빗줄기를 바라보고 싶다.

여고시절 여름이면 겪는 홍수로 가끔은 집까지 걸어와야 했었다. 4계절을 구분 않고 입던 코르덴텍스 교복치마는 물을 먹으면 가죽처럼 뻣뻣해지는 통에 걷기조차 어려웠다. 동네를 가로지르는 개울도 건너야 했는데 웬만한 체구의 사람들은 급물살에 떠내려갈 수 있어 건장한 청년들이 손잡아 주기도 했었다. 흙탕물이 흐르면서 뾰족구두 한 짝도, 양은냄비 뚜껑도, 어느 때는 강아지도 함께 떠가고 있었다.

장대비는 아니더라도 밖에 떨어지는 물줄기를 보노라니 마음은 정겨웠던 어린 시절 골목길에 닿아있다.

캘리포니아의 겨울은 비를 기다리며 흘러가는데 나갈 수 없는 신세가 섧다.

일주일 전부터 오른쪽 눈이 불편하더니 아파지기 시작했다. 다음날엔 통증도 심해지면서 마치 특수 안경 없이 보는 3D 화면처럼 초점이 몇 겹이다.

의사와 마주하기를 유난히 싫어하지만, 안과를 찾았다.

아주 조심스럽게 운전을 했다. 나답지 않게 천천히, 한 눈에만 의지하고 달려야 했다.

눈에 문제를 가진 사람이 꽤 많은 모양이다. 오랜 기다림 끝에 진료를 받았다. 각막에 염증치고는 심한 궤양이란다. 그런 병명을 처음 듣기도 했지만, 순간 덜컥 겁이 났다. 게다가 영구시력을 유지하는 신경에 아주 가깝다며 난감한 표정까지. 혹시 한쪽 눈이 시력을 잃기라도 한다면 어쩌나.

살아오면서 온갖 어려움과 맞닥뜨리며 모질게 버텨온 배짱은 모두 허세였나 보다. 겉으로는 태연한 척 했지만, 가슴엔 사시나무 떨림이 요동치고 있었다.

이런저런 검사 끝에 각막을 일부 절개해야 한단다. 그 사이로 약을 흡수시켜야 하기 때문이란다. 꼼짝없이 마취 후에 시술을 받고 약을 넣었다.

약국에 들러 쬐끄만 병에 든 안약을 무지무지 비싼 값을 내고 샀다. 이럴 줄 알았으면 샘플 약을 하나 더 달랠 것을. 한 시간마다 한 방울씩 넣고 안정하라고 쓰여 있다.

한 눈으로만 보는 세상. 시력검사를 할 때 말고는 굳이 한 쪽으로 볼 일이 없었다. 모든 것이 찌그러지고, 삐뚤고, 방향감각조차 기능을 잃는다. 약간 고개를 갸우뚱하니 조금은 나아지는 듯하다. 잘못 누군가와 눈 마주치면 째려본다는 오해를 살는지도 모르겠다. 둘이 할 일을 혼자서 감당해야 하는 다른 한 눈은 두 배가 아닌 네 배쯤은 힘이 드는 것 같다. 지금껏 나의 태만과 욕심으로 인해 누군가가 보이지 않는 곳에서 내 몫의 수고를 대신했음을 짐작조차 하지 못했었다.

평소에 두 눈을 갖고 있다는 것에 감사할 줄은 더욱 몰랐다. 육신의 멀쩡한 시력을 갖고도 다른 이들을 일그러뜨려 보고 반쪽만으로 판단한 적은 또 얼마나 많았나.

나흘째 편한 자세로 쉬고 있다. 차츰 아픔도 덜하고 시력도 회복되어간다.

흐린 눈으로 선명하게 볼 수는 없는 일이다. 먼지 낀 안경알을 닦아주듯 가슴속 렌즈의 흠집을 손질해가며 바른 모습을 새기리라.

우리가 자연이라고 여기는 모든 것들 하나하나가 기적이다. 따뜻한 기적. 서로의 마음을 열게 하는 훈훈함으로 살아가는 아름다운 세상이기를 꿈꾼다. 고향집 마당을 지키는 고목처럼 든든한 이웃이면 더욱 좋겠다.

내일쯤은 마주하는 사물들에게 사랑을 건네며 겨울비 속을 걷고 싶다.

기억의 저편

지금 사는 집으로 이사 온 지 꼭 일 년이 되었다. 지난번 산불에 놀란 가슴을 쓸어내리며 마당 안팎을 살폈다. 아마도 먼저 살던 사람들은 마당 가꾸기에 그리 마음을 쓰지 않았던 것 같다. 흙이 너무 황폐하기도 하지만 지난 일 년 간 정성을 쏟은 것에 비하면 경관이 좋질 않아 섭섭한 마음마저 든다.

담장을 따라 심었던 분꽃이 유일하게 큰 위안을 준다. 매일 아침 분홍빛 꽃으로 반갑게 맞아주곤 한다. 인사를 나누려 들여다보니 어느새 꽃망울이 진 자리에 까만 씨앗이 솜처럼 부풀어 있다. 조심스럽게 한 손에 모아 봉투에 담았다. 다음 해 새봄이 오면 또 이 자리에 뿌려 주리라.

내가 자라난 돈암동의 한옥이 그립다. 전쟁이 휩쓸고 간 다음 피난살이의 설움을 뒤로 하고 숨을 고르며 새 삶을 가꾸던 가난했던 시절이었다. 옹기종기 담장을 맞대고 줄지어 있던 한옥들, 이미 옛 모습은 사라졌겠지. 동네에 하나뿐인 펌프 옆 길게 줄지어 있던 물통들이 아련하게 그려지고, 골목 어귀에 있었던 대장간의 망치소리도 귀에 어린다. 또 다른 좁은 골목 끝엔 빵공장이 자리 잡고 있어 늘 그 앞을 지날 때면 고소한 빵 굽는 냄새에 이끌려 꼴깍 침을 삼키곤 했다. 모두가 어려운 살림이었어도 이웃과 나누며 사랑했던 따뜻함이 있었다. 집으로 돌아가는 길목엔 매일같이 마중 나와 기다리시던 엄마의 자그만 몸집이 아스라이 서린다. 입시공부로 처진 내 어깨에 매달린 가방을 빼앗듯 넘겨 들어주시곤 했다.

할머니와 부모님, 우리 네 자매의 보금자리였던 아늑한 우리 집은 전통적인 한옥 구조였다. 넓은 마당엔 아버지께서 매끈한 솜씨로 세워놓으신 찔레꽃 아치에 여름이 타오르고 과꽃, 맨드라미, 칸나, 봉숭아와 함께 가을을 반기곤 했다. 꽃가꾸기를 유난히 좋아하셨던 아버지 덕에 딸들의 가슴엔 늘 꽃바람이 살랑이었다. 여름이 끝나갈 무렵이면 언니들은 쪽마루에 나란히 앉아 봉숭아 꽃을 백반과 함께 찧어 손톱마다 동여매는데 나는 내 차례까지 돌아오지 않을까봐 조바심하며 기다려야 했다. 또한, 십여 년을 한 식구로 살았던 진돗개 '쫑'을 어린 시절의 기억에서 지울 수가 없다. 귀가 쫑긋하여 '쫑'이란 이름을 지어주었단다. 네 번의 출산을 통해 스무 마리나 되는 새끼를 낳았고 그때마다 동네 사람들이 순서대로 입양해 가곤 했다. 후엔 거의 온 동네가 '쫑'의 아들, 딸집이 되었었다.

　우리 집 대문 밖 골목길은 아이들의 고무줄 터로 정해진 곳이라서 맨흙 바닥이 곱게 다져져 마치 포장을 한 듯 반들반들 윤기마저 돌았다. 하교 후 숙제를 마치면 동무들은 고무줄놀이에 시간가는 줄 모르고, 저녁 먹으라고 소리치는 엄마들의 목소리에도 흐트러지지 않았다.

　그때 그 동무들은 지금 다 어디 있을까. 모두가 인생의 후반부를 나름대로 조율하며 아름다운 삶을 다듬으며 살아갈까. 유난히 개구졌던 남자아이도 궁금하다. 여자아이들 놀이 방해가 최대의 목표라도 되는 듯 늘 우리에게 공포의 대상이었던 그 아이로 인해 고무줄은 온통 매듭 투성이었다. 어쩌면 지금은 중후하고 점잖은 성공한 사회인일 수도, 아니면 인자한 할아버지의 모습일는지도 모르겠다. 혹시 일찍 이 세상을 떠난 건 아닐까. 뿌연 안개 속 같은 기억의 저편을 가느다란 눈으로 살피노라니 정말 많은 시간이 흘렀구나. 한번 지나간 것들은 모두가 아쉬운 것이로구나. 그리움의 손짓이 다가와도 돌아갈 수 없는 그 시절 그 모습.

　하루하루를 진실로 소중하게 다룰 일이다. 사랑할 수 있을 때, 행복이라 말하고 싶을 때, 그리워 목청 높여 이름 부를 때, 혹은 미안하다 말해야 할 때를 놓치지 않으리라.

　내 삶의 뒤를 돌아본다. 어느 새 반세기가 훨씬 넘는 시간을 흩으면서 어떤 자국들을 남기었나. 그 안에서 힘겨워 허우적거리며 발버둥친 날들은 또 얼마인가. 때론 지친 어깨에 올려졌던 짐을 풀어 내려놓고 먼 산 고개 푸른 하늘 높이 날아가는 새에게 나의 영혼을 맡기고 싶어도 했다. 그래도 간간이 가족들로 인해 받았던 기쁨이 지금껏 내 삶을 이어준 자양분이었다.

일흔여덟에 세상을 떠나신 할머니께 나는 늘 궁금한 것이 있었다. 칠십여 년의 삶이 얼마나 긴 시간이었을까 하는 내 물음에 항상 할머니는 '산 뒤가 없다'는 말씀으로 답을 대신하셨다. 이제 그 뜻을 알 것 같다. 백 년을 살다 떠난대도 결코 지루하거나 긴 시간이 아닐 것이라는 걸.

'우리는 모두 순간의 삶을 살고 있을 뿐, 영원히 머무는 것은 아무것도 없다'는 말씀이 가슴에 꽂힌다. 내가 맞는 오늘의 이 순간들을 온 마음 다해 살아 여문 씨앗을 아이들에게 물려줄 차례다. 보라색 씨앗으론 보라색 꽃만을 피울 수 있듯 부모 된 우리의 삶이 그대로 아이들에게 드러날 것을 생각하니 긴장을 늦출 수 없다. 건강한 꽃이 탐스러운 열매를 일구는 만큼 남은 삶을 더욱 성실히 가꾸어야겠다. 늦기 전에.

선인장 꽃이 피었습니다

세상에 공짜를 싫어하는 사람이 몇이나 있을까. 나 역시 무언가 거저로 얻을 수 있다면 웬만한 수고를 마다치 않는다. 최소의 노력으로 최대의 효과를 내는 것이 경제원리가 아닌가.

뉴욕에서 시작된 미국생활은 낯선 것 투성이었다. 애당초 상사 주재원으로 와서 3년 근무를 마치면 귀국할 예정이었기에 살림살이를 새로 장만하기가 부담스러웠다. 두 아이 양육에 필요한 것 말고는 불편해도 참기로 했다. 남편은 맨해튼 사무실로 출근하고 큰아이를 네 블록 떨어진 유치원에 데려다주고 나면 백일잡이 둘째 아이를 데리고 훌러싱 동네를 걸었다. 이탈리아제 유모차에서 아기는 너무도 평화로웠다.

나보다 석 달 먼저 미국으로 온 남편은 작은아이를 위해 몇몇 육아용품을 준비해 놓고 있었다. 당시 뉴욕에는 일본 주재원이 많았는데 부유한 사람들이었다. 귀국할 때에는 '재패니즈 클럽'에 모든 살림을 맡겨 중고물품으로 처분한다. 남편은 퇴근길에 그곳에 들러 필요한 것들을 사 놓았다. 명품 유모차도 그중의 하나였다. 후에 가재도구들과 고급 자동차도 여기서 샀다. 우리 집에 새 것은 거의 없었다. 우리는 두 번째 주인이 되었다.

공짜물건도 많았다. 미국 동네 구경도 하고 길 이름이라도 익힐 요량으로 걷다보면 뜻밖의 보물을 만나곤 했다. 특히 아파트 지역을 벗어나 고급 주택이 즐비한 거리에는 집 앞 수북이 쌓여있는 물건 속에 귀한 것들도 끼어 있었다. 처음엔 창피한 생각과 구지레한 마음이 들어 들쳐보고 싶어도 참고 지났다. 가난해도 체면 때문에 자존심을 내려놓을 수 없는 한국인, 나도 예외는 아니었다. 솔직히 중고 살림으로 가득한 생활공간이 개운치 않은 느낌도 들었지만, 경제적으로 실속 있는 삶이었다.

얼마 전, 여행길에서 얻은 선인장이 있다. 고속도로에서 내려 처음 가는 동네로 들어서는 골목 집 앞에 놓인 박스가 눈에 뜨였다. 'FREE'라고 쓰인 팻말도 함께 있다. 그냥 지나칠 수가 없다. 그 속엔 갖가지 선인장 화분이 가득했다. 가시들은 건드리지 말라는 듯 일제히 직선으로 나를 포인트하고 있었다.

가자, 가자, 우리 집으로.

봄볕이 완연해지면서 꽃들이 피어난다. 연분홍 복숭아꽃, 흰 밥풀같이 다닥다닥한 자두꽃 가지, 그리고 장미도 한창이다. 유난히 따뜻했던 지난 겨울동안 나무는 서둘러 싹을 틔웠나 보다.

지난해 우리 집으로 시집온 선인장들이 각양각색의 꽃으로 덮여 있다. 겉모양은 그리 매력적이지 않은데 피워내는 꽃은 매우 환상적이다. 온몸을 가시로 무장한 채 그저 바라만 보라며 웃고 있다. 값도 치르지 않고 데려온 그들에게서 가늠할 수 없는 행복을 선사받는다.

미국인들의 여유를 생각한다. 그들은 지극히 실용적인 사고방식을 갖고 있으며 외형을 크게 의식하지 않는 듯하다. 내가 만일 정원에 화초를 심고 남은 것이 있을 때 아무라도 가져다 가꾸라며 내어놓게 될까. 어떻게든 자리를 만들어 심고야 말았을 것이다. 누군가 값없이 내어놓음으로 다른 이에게 기쁨을 준다는 것은 얼마나 고귀한 일인가. 화려한 겉모습이 아닐지라도 피어나는 향기로 말미암아 세상이 변한다.

큰 가시를 딛고 활짝 핀 선인장 꽃 자태가 의연하다.

내 맘의 강물

　아름답게 늙고 싶다. 일찍이 엄마는 쉰넷의 생애로 삶을 마감했으니 그에 비하면 난 훨씬 긴 시간을 사는 것이다.

　젊었을 때부터 오래 산다는 것을 축복이라 여기지 않았다. 적당한 중년나이의 우아하고 고상한 멋이 풍기는 사람을 보면 한없이 부러웠다. 흑백영화 속에서 다리를 꼰 채 담배연기를 내뿜는 여자 주인공의 눈빛에 매료되었던 시절이 있었다. 나도 마흔쯤에 이르면 담배를 배워보리라 마음먹기도 했었다. 지금처럼 애연가들이 푸대접을 받는 시절이 될 줄 짐작하지 못했다.

　여자로 태어나 나이를 든다는 것은 어떤 의미일까.

　딸 노릇으로 부모님께 기쁨을 드린 기억이 그리 많지 않다. 아내라는 자리로 이동한 세월이 훨씬 길게 지나갔지만 역시 후회되는 일이 앞선다. 엄마가 되어서는 그 몫을 훌륭히 했는가, 스스로 부족함과 성급함 때문에 그르친 일도 많았다.

중년시절은 벌써 지나가 버렸다.

아내로, 엄마로, 시집간 딸로…. 어찌 그 많은 세월이 흘러갔을까. 어쩜 가버린 것이 아니라 뒤로 가려져 있을지도 모르겠다. 내가 서둘러 보내지 않았다. 그렇다고 스스로 훌쩍 떠나온 기억도 내겐 없다.

지나온 그 길에 이젠 나를 대신한 젊음이 자리하여 희망찬 생동감으로 빛나고 있다. 나는 홀로 버둥거리지 않아도 아름다운 자리에 초대받은 귀한 관객이 되어있다. 무대 위엔 잘 익은 풍성한 열매들이 설레는 모습으로 기진한 치마폭에 안겨든다.

에둘러 올 길이 없어 그냥 앞만 보고 전속력으로 달려오지 않았나. 저만치 쏟아지는 비를 먼저 뛰어가 맞으며 온몸으로 그들을 지켜왔다.

이제는 우주를 모두 품은 것 같은 가득함이다. 내 곁에 서성이던 미망의 파편들은 바람에 실려 무지개가 되었을까.

게으른 노년은 생각하기도 싫다.

지금 시대엔 나이의 개념이 희박해졌다. 내가 어렸을 때 보았던 할머니의 모습을 상기하면 요즈음 마주치는 노인들의 삶은 가히 역동적이다. 간혹 레스토랑이나 국립공원 등지에서 경로우대로 할인요금을 적용받을 때가 아니면 그 누구도 스스로가 노년층이라 의식하지 않으리라.

나이가 들면서 찾아오는 지혜와 너그러움, 부드러움과 안정을 만끽할 수 있는 기회다.

이제야말로 그동안 갖지 못했던 나만의 세계, 배움의 설렘에 정열을 쏟을 때이다. 좋아하는 노래 부르기에 적극적으로 참여한다. 젊은 시절 감히 엄두도 낼 수 없었던 골프에도 시간과 돈을 아끼지 않는다. 새로운 배움의 기회가 생기면 먼 길도 주저 않고 달려간다. 목소리만 들어도 행복한 친구들의 만남이라면 더 이상의 위급상황은 없다.

새 소망을 짓는다.

지구 종말이 내일일지라도 누구는 사과나무를 심겠다고 말하지 않았던가. 나를 얽어매었던 세상의 것을 놓아주려 한다. 그로 인해 더는 나를 아프게 하진 않으련다. 집착과 기대에서 벗어나는 일이 희망의 강을 흐르게 한다. 느리게 흐르는 강물의 여유로움을 닮고 싶다. 거센 물살을 막아내는 돌들이 깊은 강바닥을 굳게 지키고 있기에 평화의 강물은 내 마음을 적신다.

칸쿤의 석양

25년 전 한국으로 가는 길에 하와이에 들른 적이 있다. 어릴 적 부모님과 함께 해운대 바다에서 군용 고무침대에 올라앉았다가 균형을 잃고 물속에 빠졌다. 익사 직전 인공호흡으로 정신 든 이후로 난 한 번도 바닷물에 발을 담그지 않았다. 그런 내게 하와이의 푸른 바닷물이 아무리 아름답게 느껴졌다 해도 결코 물 가까이 갈 수가 없었다. 남편과 아이들만이 마음껏 하와이의 물맛을 즐겼던 여행이었다.

지난 봄, 우리 성당의 여러 신자들과 함께 멕시코의 여러 성지를 순례하고 돌아왔다. 마지막 이틀은 요즈음 많은 사람이 찾는다는 칸쿤을 들른다 하여 일행은 기대에 부푼 모습이었다. 바다보다는 산을 훨씬 좋아하는 나는 그저 일정에 따라 참여할 뿐 별로 호기심이 없었다.

오후 늦은 시간, 어둠이 깔린 칸쿤은 왠지 친밀하게 다가왔고

해운대의 모래사장과는 비교도 안 되었다. 끝없는 해안선을 달려가는 버스 창밖으로 내 시선은 꼼짝 않고 굳어 있었다. 아, 전혀 때 묻지 않은 천혜의 바다여…. 호텔에 짐을 풀고 방 베란다에 앉아 룸메이트와 밤바다를 보며 새벽 세 시가 될 때까지 이어진 얘기로 졸린 줄 몰랐다.

아침 늦잠 뒤에 다시 바닷가로 나갔다. 칸쿤의 기이한 바닷물 색깔은 실로 태어나 처음 본 감격이었다. 세계 각처에서 모여든 다른 모습들의 관광객들은 자연 속에 함께 어우러져 태초의 평화로웠던 에덴동산을 떠올리게 하였다. 도저히 멀리서만 바라볼 수 없어 바닷물 공포증 환자인 내가 파도치는 맑은 물에 손을 담그며 그리운 사람들을 생각했다.

나를 이 세상에 내어주신 부모님, 사랑으로 만나 또 다른 나로써 삶의 여정을 함께 했던 남편. 아직은 그의 체취가 내 감각의 끝에 서려 있어 아득한 그리움이 파도 따라 밀려왔다.

어느 시인은 '인간의 죽음이 이생의 시야에서 수평선 너머로 사라지는 과정이지만, 삶의 저편에서 보면 새로운 세상으로 들어서는 환희'라고 표현했다. 저 먼 바다 너머엔 보고픈 사람들이 손짓할 것 같은 아련한 바람으로 이어졌다.

과연 우리보다 먼저 지상의 삶을 마무리하고 떠난 이들도 남겨진 나의 모습을 지켜보려나.

바닷물의 향기에 취하며 마가렛다 한 잔을 홀짝홀짝 들이키노라니 온 세상이 내 것인 양 아쉬움이 없었다.

어느새 붉게 물든 하늘과 바다의 신비가 눈앞에 서리고 그 광경이 끝날까 내 눈에, 내 마음에 흘리지 않고 담아 두려 안간힘을 썼다. 낮 동안 밀려왔던 검푸른 파도의 위용도 사라지고 분주했던 무리들도 간 곳이 없다.

내 삶을 노을처럼 채색하고 싶다. 차분하고 의미 있게, 바라보는 이들에게 찬연한 희망과 생명을 전해줄 수 있도록.

주체할 수 없이 눈물이 흐른다. 지나간 날에 대한 감사, 견디어낼 수 있었던 만큼 아픈 기억들, 어쩌면 남은 날들 앞에 놓인 두려움의 눈물일 수도 있겠다.

우리의 하루하루의 삶이 아름답게 죽기 위한 과정이라던가.

훗날 내 님과 마주할 때 저 찬란한 석양빛에 영혼을 묻고 싶다.

제3부

혼혈손자
Tom

혼혈 손자 Tom

폭풍 후의 고요함이다. 손님들이 모두 돌아간 후 천장이 뚫어진 것 같은 허함이 맴돈다. 어른들의 수다가 만만치 않다. 한국 여자들만 시끄러운 줄 알았는데 백인들의 모습은 우리에 비할 정도가 아니다. 오랜만에 만난 회포를 푸느라 시간 가는 줄 모른다.

해마다 1월이면 손자 탐의 생일잔치를 마련한다. 일 년에 한 번 사돈 식구들에게 한국요리를 대접하는 것이 전통이 되었다.

탐은 소위 믹스(Mix)다. 백인 아빠와 한국인 엄마 사이에서 난 혼혈이다. 이젠 우리 한인사회에서도 흔히 볼 수 있는 피가 섞인 아이들. 탐은 백인들 틈에 있으면 동양 아이 같고 한국사람 속에서는 백인 아이처럼 보인다.

딸아이가 결혼할 때만 해도 우리가 어렸을 적에 '혼혈아'라며 그렇게 놀려댔던 혼혈의 손주가 나올 것에 대해서 약간의 두려움이 있었다. 푸른 눈을 가진 사위도 낯선데 우리 모습을 반밖에 닮지 않을 손자에게 행여 거리감이 느껴지지 않을까 염려에서였다.

탐은 세 명의 할아버지와 할머니를 가졌다. 외할아버지와 할머니, 친할아버지와 할머니가 이혼한 다음 재혼하여 생긴 양할아버지와 양할머니가 있다. 한국식 정서로는 도저히 이해할 수 없는 상황이지만 백인들의 사고방식에서는 그리 어색한 일이 아닌가 보다. 차츰 탐을 중심으로 하는 가족행사 때마다 세 쌍의 조부모가 함께 어울리는 일이 자연스러웠다. 탐마저도 자기는 너무 많은 할아버지, 할머니가 있다며 웃는다. 그도 그럴 것이 내 언니들까지 '이모할머니'라며 일러준 까닭이다.

동·서양을 막론하고 손주들에 대한 조부모의 사랑은 다를 게 없다. 부모일 때는 자식을 양육하기에 바빠서 많은 사랑을 표현하지 못했고, 그들이 기쁨을 선사했던 많은 순간도 놓치곤 했다. 그저 탈 없이 자라주는 것만으로 감사하며 살아온 시간이다. 손자를 대하는 것은 다르다. 훨씬 여유롭게 바라보고 사랑을 듬뿍 줄 수 있게 된다. 자식이 그렇게 예쁜 줄을 모른 채 키웠고, 애달프도록 사랑스러움을 가지고 있음도 알아채지 못했다. 이제라도 자식과 손주를 엮어 몇 배로 마음을 내어 주어야겠다.

사돈집은 우리와 한 블록 떨어진 곳이라 왕래가 쉽다. 손자 탐을 돌보는 일은 철저히 분담한다. 딸은 나와 살고 있어 아침 등교는 내 담당이다. 학교가 끝나면 친할아버지는 자기 집으로 데려가

숙제를 도와주고, 과외활동에 데려가고, 일주일에 세 번은 저녁을 함께한다.

한국말을 거의 하지 못하는 손자와 영어가 신통치 못한 외할머니와의 소통이 쉽지만은 않다. 이제 열 살 반이 지나면서 슬슬 사춘기에 접어드는 아이의 감정을 잘 살펴가며 대하기는 더욱 어렵다. 딸아이만 키워 본 나로서는 남자아이들의 변화를 짐작조차 할 수가 없다. 그저 사랑한다는 마음만 전달되도록 노력할 뿐이다.

탐은 두 살 반 때에 아비를 잃었다. 사위 루크가 서른여섯 살 생일을 한 달 앞두고 교통사고로 세상을 떠났다. 그 후로 딸은 나와 함께 손자를 키우게 되었고 그 시간이 어언 여덟 해가 지났다. 매일 밤 침대 곁에서 책을 읽어주던 시절도 지나고, 글을 익힌 다음엔 혼자서 읽다가 잠잘 시간이면 등을 긁어주는 일이 내 몫이다. 얼마나 많이 울었던지. 아비 없이 크는 탐도 애처로웠지만 젊은 나이에 남편을 여읜 딸아이의 모습은 내 가슴속 커다란 바위가 되어 숨을 조여 왔다. 나는 탐의 온몸을 만져주며 사랑으로 기도했다. 몸도 마음도 건강하게, 바른 판단력을 가질 수 있는 아이로 자라나 주길 빌었다. 내가 두 딸을 위해 기도할 때보다 더욱 간절하게 매달렸다.

딸아이가 재혼할 준비에 바쁘다. 어려운 시간이 끝나가는가 보다. 딸에게는 새 삶을 함께할 동반자를 맞는 것이고 손자에게는 아빠의 자리를 채워 줄 고마운 사람. 독일계 백인이라 얼핏 보아선 탐의 친아빠처럼 자연스럽다.

탐에게 네 번째의 할아버지, 할머니가 생기게 되었다. 딸의 5년여 교제 기간 동안 많이 친숙해졌고 그들도 탐을 친손자처럼 사랑해 주니 얼마나 고마운 일인지. 온전히 아름다운 가정을 만들고 행복한 인생을 꾸며가기만 간절히 바랄 뿐이다. 이젠 내 속에 조여든 가슴이 펴질 것 같다. 얼마나 어렵고 아픈 나날이었나. 잊고 싶은 기억이 시간 속에 묻혀 간다.

'이것 또한 지나가리라'는 옛 임금의 말씀이 떠오른다.

물자국

새벽공기를 맞는다. 이번 주는 내내 천둥을 동반한 폭우가 온다는데 아직 하늘은 먹구름을 힘겹게 매달고 있다. 며칠 전 뿌린 비로 복숭아나무의 꽃망울이 터지고 성질 급한 자목련도 하품한다.

아침마다 동네 골목을 걷노라면 각기 다른 모습들의 삶이 보인다. 부지런한 강아지는 주인 출근길을 배웅하며 무사한 하루를 빌어준다. 모퉁이 집 앞뜰엔 배달된 조간신문이 젖은 잔디 따라 퍼지는 물방울을 머금고 있다. 아마도 그 집 사람들은 밤늦게 퇴근하는 직장을 가진 걸까.

곧 굵은 빗줄기가 쏟아질 기세다. 빠른 걸음으로 한 바퀴 코스를 돌아온다.

주중 아침시간은 가장 바쁘다. 손자의 도시락과 등교 준비를 해야 한다.

학교에서 공급하는 점심을 주문하여 먹일 수도 있지만 건강한 메뉴가 아니라서 오랫동안 내가 해온 일이다. 반은 백인의 혈통이 섞인 아이인지라 우리 음식에도 맛들이기를 원했기 때문이기도 하다.

젖떼기를 할 때부터 다양한 죽과 부드러운 밥을 먹였기에 한식도 익숙하다.

이제 나만의 시간이다. 모두가 자기 자리로 찾아간 뒤에 남겨진 적막함이 두려울 지경이다.

남편이 아프다는 이유로 평생토록 놓지 못했던 일에서 손을 뗀 후 자연스럽게 은퇴에 이르게 되었다. 이젠 누군가가 내게 일자리를 마련해 준다 해도 돌아가지 못할 것 같다. 그만큼 자유로움에 길든 나를 본다.

얼마나 오랫동안 남을 위해 살았는가. 나의 젊음, 시간과 지식, 노동력과 책임을 내가 아닌 다른 사람을 위해 바쳐오지 않았던가. 아니 나를 내어 팔고 있었던 것과 다름없었던 세월이었다.

다시는, 다시는 거듭하지 않으리라. 이제는 나를 위해 살고 싶다.

신선한 커피를 내린다. 집안 가득 하와이안 헤이즐넛의 향기가 연무처럼 스민다.

오늘 아침만은 컴퓨터 책상 앞이 아닌 식탁에 자리를 잡는다. 팔걸이가 있는 의자를 끌어다 최대한 창문을 마주할 수 있도록 테이블과 넉넉한 간격을 유지해 앉는다.

이렇게 비가 내리는 날이면 아련한 그리움이 등줄기를 타고 흐른다. 온몸이 한바탕 진저리로 일그러지다 균형을 찾는다.

내 곁을 스치고 떠나간 많은 이들도 비처럼 어디론가 모여 흘러갔을까.

뒷마당 한편 움푹 팬 곳에 쉴 새 없이 빗줄기들이 부딪히며 동그라미를 그려놓는다. 크게 작게 퍼지며 곧 사라져버리는 물자국을 찾아본다.

오묘한 물의 존재를 새겨본다. 생명 유지에 반드시 있어야 할 물은 어쩌면 너무 흔하기에 귀한 대접을 받지 못하는지도 모르겠다. 어디엔가로 흘러가 돌아 나오며 수없이 자신의 모습을 상대의 생김새에 맞추는 양보와 관용의 상징이다. 나도 누구에게든지 그 마음속에 흘러들어 그를 적시고 행복으로 이끌어 함께 기뻐할 수 있는 물이 되고 싶다. 메마른 가슴속을 촉촉이 적셔주며 아픈 상처를 씻어줄 수 있는 그런 치유의 물이고 싶다.

내 삶에도 얼마나 많은 동그라미가 서로 부대끼며 밀어내다가 때론 얼싸안으며 자국들을 만들어 놓았는가. 흔적을 찾지 못한다 하여 기억마저 지울 수는 없지 않은가. 고단한 등 뒤에서 피어오르는 빛을 향한 손짓이 세차다.

새로운 시작이다. 늦었다고 생각될 때야말로 바로 시작할 시간이라고 했다.

더는 주저할 이유도, 두려워할 대상도 없음이다. 살아오는 동안의 많은 실패와 착오들을 교훈삼아 늦기 전에 나의 성을 완공해야 한다. 물 샐 틈 없이 정교한, 웬만한 바람에도 끄떡없는 철옹성을 짓자. 커다란 성문 만들기도 잊지 말자.

　누구라도 노크하면 달려가 활짝 열어 맞이하리라. 살아있는 동안 한 사람이라도 더 손잡을 수 있다면 외롭지 않으리. 서럽지 않으리.

하얀 그림자

길을 떠난다. 보통은 버뱅크 공항에서 타던 국내선 비행기를 이번엔 엘에이 국제공항을 이용했다. 어둠이 채 가시지 않은 새벽의 찬 기운이 느껴졌다. 언제나 그렇듯 헤어짐과 만남의 장면들이 사람들의 생김새만큼이나 다르게 연출됨을 볼 수 있었다.

얼마만인가. 작은딸 서은이와 둘이서 떠나는 여행.

혼자서 항공 여행을 할 때마다 왠지 두려운 마음을 갖는 것은 나만의 지나친 예민함일까, 이번엔 딸이 곁에 있다는 사실만으로도 푸근한 휴가가 될 것 같았다.

대학 졸업 후 일 년 간 시애틀에서 일했던 딸아이가 연휴 주말을 그곳의 친구들과 지내고 싶다 하였고, 나 또한 만나고 싶은 이들이 있어 함께 일정을 잡았다. 사실 꼭 어디엔가로 떠나야만 할 것 같은 초조한 마음이었던 것은 그 날이 나의 결혼 33주년이었다. 남편 없이 처음 맞는 결혼기념일에 3년 전 그이와 함께 여행했던 길을 다시 가보고 싶었다.

두 시간여의 비행 후 창밖으로 내려다보이는 시애틀, 도시는 온통 단풍으로 채색된 한 장의 수채화 같았다. 엘에이에서는 도저히 만들어낼 수 없는 그런 색깔들. 찬 서리를 머금은 채 메마름을 견디어 내며 여름의 그림자를 내몰아 각기 붉게, 노랗게, 또는 핏빛의 빨강으로 물들였나보다.

나는 이번 여행 동안 낙엽을 실컷 보고 싶었다. 만지고 싶었고 밟아보고 싶었다.

전날에 큰비가 쏟아졌다는데 도시는 흐린 하늘로 어두울 뿐 물기를 삼킨 낙엽 더미가 땅을 덮어 버렸다.

호텔 체크인을 하기에 너무 이른 시간이라 딸아이와 나는 작정하고 낙엽여행을 떠나기로 했다. 렌터카를 하여 곧장 캐나다 밴쿠버로 향했다.

북쪽으로 가면 갈수록 더욱 선명한 빛깔의 가을 잎들이었고, 엘에이는 물론 시애틀에서도 찾아보기 힘들다는 은행나무의 부채꼴 잎사귀는 아련한 기억 속 초등학교 운동장으로 나를 데려갔다. 광화문 거리도 눈앞에 아른거렸다.

그땐 낙엽 되어 떨어지는 차가운 가을빛이 뜨거웠던 여름날의 하얀 그림자인 줄을 몰랐다. 시간의 질서 속에서 그냥 지나가는 길목이라 치부했다. 그 모퉁이를 돌고 나면 혹독한 칼바람과 마주쳐야 한다는 두려움을 겁낼 줄도 몰랐다. 지금 나는 내 삶의 어느

길 위에서 창백한 그리움에 떨고 있는 것일까.

딸아이가 운전하는 덕에 나는 마음껏 주위 풍경을 감상할 수 있었다. 상쾌한 공기를 깊게 들이마시며 먼지에 찌들었을 폐까지도 세척되기를 바랐다.

밴쿠버 곳곳의 공원엔 산책하는 사람들, 가볍게 달리는 사람들, 기다란 벤치에 앉아 한 곳만 응시하고 있는 외로운 눈빛의 노인도 보였다.

우리는 각기 다른 자리에서 끊임없이 '오늘'이란 그릇에 삶을 담아내는 숙련공들이련가.

어느새 스물아홉의 어른이 되어버린 막내딸은 낙엽 빛에 빠져버린 엄마의 손을 말없이 잡아 주었다. 연민을 가득 품은 커다란 우주가 조그마한 손아귀에 잡혀들어 쉴 곳을 찾아 헤맨다. 이젠 지치지 않으리라. 인고의 세월은 막을 내렸다. 나지막이 들려오는 평화의 합창. 모두가 승리하였다.

짙은 어둠 속에서 국경을 통과하였다. 문득 합법적인 체류 신분을 갖고 있음이 얼마나 감사한 일인지. 되돌려 받은 여권을 살포시 가슴에 대본다.

돌아오는 길가에 수북이 쌓인 낙엽무덤이 희미한 가로등 빛에 쉼을 재촉하는 듯하다.

지난여름의 광채는 사라졌지만, 떨어진 가을 잎은 의연한 자태를 지탱하고 있다. 뒤를 돌아봄 없이 바람에 몸을 맡기고 굴러가

는 대로 불평조차 하지 않는다. 때론 발아래 짓밟혀도, 그러다가
마른 잎이 부서져도 결코 이유를 따지지 않는다. 다가올 새로운
봄을 기다리며 그저 안으로 아픔을 새길 뿐이다.

여학교 때 친구들과 겉치레 없는 만남이 가슴 따뜻하였다. 꽤
오랜만의 조우였지만 마치 며칠 전에 얘기를 나누었던 것 같은
편안함이 느껴졌다. 찬연한 세월의 흔적들이 모두의 이마에 어려
있다. 중년의 고개를 넘는 힘겨움이 보이건만 그 누구도 아는 체
하질 않는다.

다시 내 자리로 돌아왔다. 잠시 비켜 놓았던 의자를 반듯하게
정돈하고 새로운 마음도 앉혀 주었다. 이젠 그이를 놓아줄 수 있
을 것 같다. 늦은 오후의 햇살이 아직 슬프긴 해도 가슴 가득 풍성
함이 채워져 두 손 높이 들어 희망을 잡는다.

흐르는 대로

만물은 쉬지 않고 움직인다. 어느 하나도 완전히 머물러 있는 것은 없다고 한다. 우리 시각의 한계로 인해 아주 미세한 떨림은 볼 수 없다 하더라도 생명은 그 자체를 유지하기 위해 계속 움직이고 있음이다. 우리 몸의 맥박과 호흡이 잠들지 않고 나를 살게 한다. 심지어 고정된 물체도 수많은 원소가 유기적인 결속을 지켜내기에 그 모양새가 유지된다니 신기하다.

시간의 흐름처럼 익숙한 건 없다. 내가 인식하는 것과 관계없이 삶에서 나와 함께 가고 있다. 어제의 기쁜 일들도 흘러가버렸고 알 수 없는 내일은 조금씩 다가오고 있다. 오지 않은 시간을 미리 볼 수 있다면 얼마나 좋을까. 살다가 잠깐 쉬는 시간만이라도 마음 편히 지낼 수 있을 것이다. 언제 터질지 모를 빵빵한 풍선을 끌어안은 사람처럼 겁먹은 모습으로 앞날을 걱정하며 살아온 날이 얼마나 많았는가.

흐름을 따라 가며 모든 것은 변한다. 새싹은 큰 나무로 자라고 어린아이는 어른의 모습을 갖추며 역할을 찾는다. 양적인 발달은 쉽게 확인할 수 있지만, 내면의 변화를 알아채기란 쉽지 않다. 사춘기와 청년기를 지나는 아이들의 생각을 짐작하기는 정말 어렵다. 모르는 상대를 이해할 수 없으므로 때론 무서운 결과를 만들기도 한다. 긴 시간이 흐른 뒤에야 깨닫게 되는 아쉬움이다.

어디로 가는 것일까. 한 청년의 죽음을 보았다. 스물네 살의 젊음, 아직 세상에 머물러야 할 시간이 너무 많은데 어이없는 일이다. 더군다나 사인이 약물 과다복용이라니. 무엇이 그 아이를 멈추게 한 것일까. 이름은 알렉스, 그는 내가 세를 주고 있는 건물에 살았다. 이른 아침 옆방에 사는 친구의 다급한 소식을 듣고 달려갔다. 이미 911 구급대가 다녀간 후였다. 숨진 이를 앰뷸런스에 싣고 가지는 않는다. 경찰은 집주변에 노오란 테이프를 둘러놓고 일반인의 접근을 막는다. 검시소 차량을 기다리는 내내 마음이 복잡했다. 노스캐롤라이나에 사는 아이의 아버지와 통화를 했다. 숨진 아들을 눈으로 확인할 수 없는 부모의 마음을 위로하기에 알맞은 표현이 떠오르지 않았다.

'I'm free.' 벽에 걸린 액자 속 남편 사진과 함께 쓰여 있는 글이다.

'나 때문에 너무 오래 슬퍼 말아요. 하느님께서 부르신 소리를 듣고 여기 왔어요. 그분이 곁에 머물기를 바라시지요. 당신과 함께 있지 못한다고 울지 말아요. 나를 자유롭게 만드셨어요. 당신의 가슴을 내게 향해 주고 함께 웃어요. I'm free.'

알렉스도 자유 속에서 평화롭기를 기도한다.

내 마음도 움직인다. 점점 삶의 길이가 늘어나면서 매여 있던 지난 시간으로부터 서서히 벗어나려 한다. 잠깐씩 머무는 여유 속에서 담아두고 싶었던 좋은 순간들이 빈 가슴에 채워지는 선물이다. 움직이는 시간 속에서 짧은 머무름은 오늘로 이어지고 또 다른 내일이 되리라. 정지된 순간들이 모여 흐름을 이루고 거기에 나를 맡긴다. 어느 날 내 영혼이 자유로움에 안길 때까지 나도 따라 흐른다.

콩나물 씨야?

어려서는 키가 아주 작았다. 지금도 큰 편은 아니지만, 늘 굽 높은 구두를 신는 까닭에 처음 보는 사람은 내가 작은 줄을 모른다. 오히려 키가 큰 여자로 기억하는 이도 있다. 초등학교 시절엔 항상 맨 앞줄에 서곤 했다. 중학교에 입학한 첫 학급에서 키대로 번호를 정하시는 담임선생님의 지시에 얼른 뒤쪽으로 가 섰다. 나도 뒷자리에 한번 앉아보는 것이 소원이었다. 선생님은 앞으로, 앞으로 나를 이끌어 26번이 되었다. 그래도 이처럼 큰 번호는 난생 처음이었다. 60명 중에서 중간은 되었으니까. 그 후로 고등학교를 졸업할 때까지 더 큰 번호를 가져본 일이 없다.

나처럼 콩나물을 좋아하는 사람이 또 있을까. 밥과 콩나물 반찬 하나면 몇 끼를 계속 먹어도 질리지 않고 지낼 수 있다. 엄마는 그런 나를 콩나물 공장 집에 시집을 보내야겠다고 입버릇처럼 말씀하시곤 했다. 만약 콩나물 공장의 사장을 남편으로 만났더라면

난 지금 부자가 되었을 것이다. 옛날 콩나물은 서민들의 영양을 맡아주던 가장 흔한 반찬이었지만 요즈음은 그리 값싼 식품이 아니다. 올개닉으로 재배한 것은 제법 비싼 값을 치러야 한다. 내가 아는 분도 엘에이에서 콩나물 공장을 경영하며 아주 부자로 살고 있다. 엄마의 말씀대로 콩나물 집에 시집은 못 갔지만 꾸준히 콩나물을 사랑하는 마음은 한평생 변함이 없다. 내가 왠지 키가 커야할 것 같은 생각이 드는데 사실은 그와 반대인 셈이다.

큰딸아이가 어렸을 때 내게 물은 적이 있다. "엄마, 이게 콩나물 씨야?" 소위 콩나물 대가리라고 부르는 머리 부분을 가리키며 '씨'냐고 묻는 것이었다. 나는 순간 대가리라는 대답보다는 씨라는 아이의 생각이 좋게 느껴졌다. 그렇지, 콩나물을 닮은 모양의 음표를 보고도 우리는 콩나물대가리라고 말하지 않는가. 썩 좋은 발음은 아니라도 우리에게 너무 익숙한 말이 되어 버렸다. '머리'라는 뜻도 옳지만, 엄밀히 따지면 '씨'라는 생각이 더 정확했다. 콩이 씨앗이 되어 자라서 콩나물인 것을.

콩나물을 두 봉지나 샀다. 육개장에 넣으려고 넉넉히 마련했다. 다듬어야 할 양이 꽤 많아서 바닥에 큰 종이를 깔고 앉았다. 꼬리 부분도 끊어내고 대가리도 잘랐다. 나물로 무치는 것과 달리 국에 넣을 땐 대가리도, 꼬리도 함께 있으면 깔끔하지 않아 보인다. 시간이 오래 걸려도 찬찬히 하나씩을 손질한다. 한쪽 바구니에는 말끔한 하얀 콩나물대가 차곡차곡 쌓이고 다른 하나의 통 안에는 잘려난 콩과 꼬리 부분의 수염들이 소복하다. 국물 속에서 아삭하게 씹혀질 콩나물의 맛을 상상하니 벌써 군침이 돈다.

나는 무언가의 씨가 되어 본 일이 있는가. 콩은 자신이 씨앗이 되어 싹을 틔우고 길게 키워 나물을 만든다. 결코 고통 없이 되는 것이 아니리라. 단단한 콩에서 시작된 씨앗은 물기를 빨아들여 자신을 부드럽게 만든 다음에 쪼개지며 자라서 새 생명을 키워낸다. 마치 어미가 자식을 잉태하고 품었다가 이 세상에 내어 놓고 양육하는 과정을 떠올리게 한다. 누가 억지로 떠맡긴 적 없어도 기꺼이 아픔을 견딘다. 숭고한 희생이다. 내 부모가 그러했고 나 또한 자식을 그렇게 길러내지 않았는가.

버려질 콩들이 아무 저항 없이 쌓여 있다. 씨가 되었든 대가리였든 처연해 보이기마저 하다. 세상에서의 소명이 모두 끝나는 날, 떠날 때를 기다리는 내 모습도 저러 하려나.

아침을 담은 봉투

'커피 하나 사왔다.'

딸의 산후조리를 위해 두 달 동안 뉴욕에 다녀오신 대모님께서 내미신 봉투였다. 때론 밥보다 커피를 좋아하는 내게 여행지 특산의 커피를 사주시곤 한다. 동부에서는 요즈음 'Dunkin Donut'에서 나오는 커피가 인기라신다. 나도 그 맛이 좋다는 말을 들어 한 번 샀던 경험이 있다. 역시 향과 맛이 훌륭했다. 값이 좀 비싸다는 흠만 아니라면 또 사고 싶은 것이다.

하루의 시작이 커피를 내리는 일이다. 종일 부엌을 지날 적마다 물통만한 잔에 커피를 보충한다. 아직 덜어놓은 커피가 남아 있음에도 새 것을 맛보려는 욕심으로 봉투를 뜯었다. 진공된 포장 안으로 공기가 스미면서 갓 볶은 진한 향이 퍼진다. 세상의 악취를 다 빨아들일 듯 강하면서도 긴 여운을 준다. 게다가 내가 제일 좋아하는 Hazelnut 맛이다.

포장을 뜯으며 무언가 쓰인 글귀를 발견했다. '아침이 이 봉투 안에 담겨 있습니다.' 순간 가슴이 젖어온다. 아침의 맑은 공기가 코끝에 전해온다. 희망을 주는 아침, 기대할 수 있는 하루를 약속해 주는 시간, 지치지 않은 힘이 넘쳐나는 그런 아침이 보인다. 비록 어제가 고통의 연속으로 지나갔다 하더라도 새로운 아침을 맞으며 용기를 얻는다. 첫 한 모금의 커피는 오늘 하루의 행복을 미리 맛보여줌과 같다. 내게 주어진 하루의 시간이 커피 한 잔에 녹아든다.

삶의 아침을 추억한다. 누구나 갓난아기를 보며 고통을 떠올리지는 않는다. 시작은 설레는 일이며 무언가를 기다리게 하는 끌림이 있다. 하루를 계획하는 시간도 아침이다. 내 생의 아침은 안개였다. 앞이 보이지 않을 만큼 무겁게 내려앉은 농무였다. 전쟁 중에 태어난 우리 세대는 누구나 어렵게 자랐다. 중학교에 들어갈 즈음 시작된 경제개발이 온 국민의 마음을 하나로 모았고 오늘날 자랑스러운 한국으로 서게 하였다. 짙은 새벽안개가 걷히고나면 더욱 선명한 햇빛이 드러나듯 나도 늘 밝은 삶을 희망하며 살아왔다. 원하는 대로 되는 일보다는 아닌 쪽이 훨씬 많았다. 아픔을 견디며 계속 달려온 길이다.

인간 수명 100세 시대다. '인생황혼'이라는 말을 어느 나이쯤에 써야 할지 모르겠다. 60대에 은퇴하고 남은 시간을 관리하는 일이 큰 이슈가 되었다. 또 다른 아침을 맞게 되는 셈이다. 나도 예외는 아니다. 새로운 시작이다. 이루지 못한 음악의 꿈을 키우려 한다. 배우고 연습하며 매일 나아가리라. 생의 마지막에 이르러 스스로 칭찬할 수 있기를 소망한다.

주어진 자기만의 봉투가 있다. 내 안에 무엇을 담을 것인가. 겉에 아무런 표시가 없다하여 비어있는 것은 아니다. 봉투를 열어 어떤 향기를 맡을 수 있으려나. 살아오면서 담아놓은 많은 것들이 쌓여 어쩌면 알아낼 수 없는 냄새를 풍길는지도 모른다. 냄새보다는 향기를 주고 싶다. 봉투가 넘쳐 찢어지기 전에 욕심으로 가두어 두었던 것들을 과감히 꺼내야겠다. 버려야 할 것, 나누어야 할 것들을 잘 살피고 정리해야겠다. 간직해야 할 소중한 기억들로 채우련다. 희망이 담긴 커피 봉투를 닮고 싶다.

새 아침을 숨 쉰다.

변신은 무죄

거울 앞에 앉는다. 이미 퇴직자이기에 일정 시간의 출근을 하지 않는 지가 오래다. 종일 집에 머물러 있다 해도 민얼굴로 하루를 보내는 일은 없다. 점점 나이 들어가는 모습을 단정함으로 메우기 위한 생활 습관인 셈이다.

처음 미국에 온 날이 10월 20일이다. 시차 적응이 되지 않은 채 언니와 형부가 안내해 주는 관광을 하면서 거의 몽롱한 정신이었다. 얼핏 큰길 코너를 돌면서 나는 이상한 광경에 잠이 벌떡 깼다. 임신한 수녀가 담배를 입에 문 채 전신주에 비스듬히 기대어 있는 것이다. 어려서부터 보아왔던 여리고 조용한 수녀님들을 떠올리며 어리둥절한 사이 언니 내외는 박장대소를 했다. 바로 그 날이 할로윈이었다.

때때로 내가 아닌 다른 사람이 되고 싶었다. 엄마 나이 마흔이 다되어 막내로 태어난 탓에 친구들의 엄마보다 늙은 모습이 싫었다. 예쁜 아이를 보면 부러웠고 내가 노력은 많이 하지 않으면서 성적이 좋은 친구들을 시기하기도 했다. 오랫동안 간직했던 아나운서의 꿈을 이루지 못한 아쉬움에 마이크 앞에선 멋진 모습을 그리곤 했다.

누구에게나 이상형이 있을 것이다. 현재의 모습이 만족스럽지 못하거나 또 다른 경험을 추구할 수도 있으리라. 성형의 의술을 빌어 외모를 바꾸는 사람들이 점점 늘어가는 현상도 이 때문이다. 수많은 패션이 저마다의 개성을 강조하며 구매를 부추기는 것도 이러한 욕구에서 기인한다. 각종 화장품이 그렇고 장신구들도 예외는 아니다.

옷장에 가득한 옷을 본다. 한 번에 단 한 벌만 입을 수 있는데 어찌 그리 많은 종류와 가짓수를 재어놓고 있는지 부끄러운 생각마저 든다. 매일같이 화장하고 다른 옷을 입고 액세서리 장식을 하면 우선 나 자신이 새롭다. 남에게 보여 준다는 생각보다 자신에게 충실했다는 느낌이 들어 기분이 좋다.

10월이 마무리되는 할로윈이 다가온다. 해마다 슈퍼맨으로, 닌자로, 기사의 모습으로 변신하는 손자 녀석이 올해엔 또 어떤 캐릭터를 선택할 것인가. 많은 이들이 자기가 아닌 모습을 연출하는 재미가 기대된다.

젊은이가 예쁘게 꾸밀 때엔 단장이라 말한다. 중년을 넘어 60대 여자가 화장하는 것은 거의 변장 수준이 된단다. 변장도 좋고

분장이라 해도 별수 없다. 심지어 환장이라 해도 따지지 않겠다.

거울 속 내 모습을 본다. 웬 여자가 무표정한 눈빛으로 마주하고 있다. 서둘러 민낯 위에 크림을 바르고, 눈썹을 그리고, 아이라인으로 초점이 선명한 눈을 만들며 토닥이고 나니 어느새 환하게 웃는 얼굴이다.

마음도 산뜻한 기분에 좋은 일이 있을 것 같은 하루를 꿈꾼다. 계속 거듭나고 싶다. 더욱 나이 듦의 멋이 드러나는 모습이면 좋겠다. 욕심 없는 평안함이 가득한 표정 가꾸기도 게을리 말아야겠다. 그러려면 먼저 마음을 다스리는 일이 중요하겠지. 겉모양뿐 아니라 마음의 변화를 위해 애써야겠다. 어제와는 다른 내가 오늘을 살고 있다.

변신한 피고에게 무죄를 선고하노라.

인생 내비게이션

방향을 잃었다. 늘 차 안에 내비게이션이 있어 그것만 믿은 것이 화근이었다. 하필 그날은 다른 차를 이용하느라 주행 안내를 받을 길이 없었다. 처음 가는 곳의 길을 미리 알아보았어야 했는데 깜빡 잊은 탓에 많은 시간을 헤매고서야 당도할 수 있었다.

두 해 전 나는 엘에이에서 시애틀까지 왕복 삼천마일을 홀로 운전하여 다녀온 적이 있다.

고등학교 시절 삼총사였던 우리가 실로 사십 년 만에 함께 만날 수 있는 기회였다.

한 친구는 시애틀에, 하나는 서울에, 나는 엘에이에 살면서 가끔 둘이 만난 적은 있지만 셋이 함께 모일 기회가 없었다. 마침 서울에 사는 친구가 시애틀 모임에 참석하러 온다기에 나는 용기를 내어 길을 나섰다.

먼 길을 내비게이션 하나에 의지하고 떠났다. 친구 집 주소 하나만 입력한 채로.

사흘 길을 가는 동안 참으로 충실하게 나를 안내해 주었다. 일찍이 내 삶에도 이같이 완벽한 안내자가 있었더라면 후회를 덜하는 인생이 되었으려나.

언제부터일까. 사람들은 길을 묻지 않는다. 단지 주소만 확인할 뿐. 정확한 주소를 입력한 다음 지시하는 대로 운전만 하면 어느새 목적지에 도달하게 되니 방향을 잃을 염려가 없다. 거리와 시간, 속도와 교통상황 등도 기계가 미리 알려준다. 혹 길을 잘못 들었다 해도 결코 화를 내지 않으며 곧바로 새 길을 안내한다. 녹음되어있는 메마른 소리는 그 어떤 감정도 담고 있지 않다.

나는 무엇에 의해 여기까지 왔을까. 지금까지 얼마나 많은 내비게이션을 업데이트하며 살아왔나. 어린아이 시절 그 필요성은 절대적이었다.

부모님은 내 길의 안내자였다. 스스로 어느 곳도 찾아갈 수 없었기에 온전히 믿고 따랐다.

그 속엔 평탄한 길만 있지 않았다. 때론 넘어야할 험준한 산과 마주쳤고 물살이 센 강도 건너야 했다. 커가면서 가끔은 슬쩍 알려 준 길에서 벗어난 기억도 있다. 너무 먼 곳에서 헤매다 지쳐 울며 무서운 밤을 새우기도 했다. 짧은 방황과 부정을 실험한 시간이었다.

어미가 된 후부터는 내 아이들에게 방향을 알려주는 역할을 했다. 행여 바르지 못한 길을 안내했던 것은 아닐까 두려운 마음을 갖는다.

내비게이션은 기록을 남긴다. 일부러 삭제하지 않는 한 내가 찾았던 목적지의 주소가 그대로 찍혀 있다. 단지 방향을 알려주는 역할만 담당할 뿐 도착점은 나의 선택이었다.

내 삶이 걸어온 길, 들렀던 장소들을 낱낱이 확인할 수 있다. 다 기억하지 못한다 해도 거쳐 온 자국들은 내 인생의 부분들을 채우는 나 자신이다.

이젠 더 이상 필요하지 않은 걸까. 긴 세월 동안 많은 곳을 들렀었다는 경험만으로 어디든 혼자 갈 수 있다는 생각은 아닌가. 가끔 열정적 일생을 살아온 이들이 뒤늦게 엉뚱한 길에서 무너지는 모습을 본다.

모든 길은 서로 이어져 어느 교차로에선가 마주치게 된다. 자신이 머물렀던 곳으로부터 크게 벗어나지 않을 범위에서 만남과 헤어짐이 이루어진다.

오늘도 행복을 위한 주소를 새겨 넣어본다. 아직 가지 않은 길을 찾으려면 든든한 안내자가 있어야겠기에.

꿈속에서만 보았던 그 곳에 가고 싶다. 모두가 사랑의 옷을 두르고 행복의 꽃을 선물하는 아름다운 나라. 더는 그리움에 눈물 흘리지 않아도 될 따뜻한 곳.

다음번 여행지는 '하늘나라' 가는 길이 되려나.

뒷모습

복숭아꽃이 스러져 간다. 목련이 질 때쯤 연분홍 꽃망울을 터뜨려 봄빛 날개를 붙여준다. 알알이 작은 소망의 열매를 달아준 다음 시든 꽃잎으로 사뿐히 흩어져 간다. 떠날 때를 잘 아는 듯하다. 마르는 꽃잎에서 가난한 수도자의 모습을 본다.

이 집으로 이사 온 후 건물 가까운 곳에 큰 나무를 두는 것이 좋지 않다는 이유로 오래된 나무를 잘라내었다. 옆집 백인 할머니는 나와 마주칠 때마다 그 자리가 너무 허전하다며 새 나무를 심으라고 성화였다. 전에는 큰 나무로 이웃과 우리 집이 함께 어우러져 보기에도 편안하고 또 담장을 가릴 수 있어 보안에도 도움이 되었다.

나는 일본 종자의 복숭아나무를 심었다. 이듬해부터 열매를 맺기 시작하였으니 올해로 꼭 십 년째가 된다. 보송보송한 털을 씻어내고 모시적삼같이 얇은 껍질을 벗기면 하얀 속살이 갓난아기의 볼처럼 부드럽다. 수밀도를 무척 좋아하시던 엄마 생각이 난다. 어린 내게는 물컹거리는 과실의 느낌이 싫었지만, 엄마는 자주 백도를 사오곤 하셨다. 나도 나이가 들면서 딱딱한 과육보다 주스가 많은 것들을 즐긴다.

특별한 영양관리를 해주지 않는데 나무는 잘 자라고 해마다 가지가 휘어지게 열매를 매달곤 한다. 그 맛 또한 세상 최고의 부드럽고 단 것이 어느 마켓에서도 찾을 수 없다. 많이 열리긴 하지만 크기가 작은 것이 아쉬웠다.

농업 부문에 상식이 없었던지라 열매가 매달리면 적당히 솎아주어야 한다는 것을 몰랐다. 오늘은 가지마다 빈틈없이 달린 꼬마 복숭아들을 따내주는 작업을 하였다. 보통은 두 개의 복숭아가 맺혀 있고 어느 가지 끝에는 서너 개의 열매들이 서로 몸을 부딪치고 있다. 하나만을 남기고 따내노라니 마음 한편으로 아까운 생각이 든다. 그대로 둔다면 모두가 각각의 복숭아로 자랄 것이라는 생각 때문이다. 큰 것보다는 작은 것을, 강한 것보다는 약한 것을 골라 따내주었다. 땅에 던져진 열매들은 썩어져 거름이 될 것이다.

내게도 어린 싹처럼 희망에 부풀었던 시절이 있었다. 꽃향기와 푸른 잎의 청춘, 열매 맺음의 세월도 지나왔다. 때론 큰 것을 위해 사소한 것들을 포기해야 했고 힘든 것을 피하려 눈가림으로 돌아가기도 했다. 내가 옳다고 여긴 것들을 지켜내느라 힘든 시간도 있었고 실망하며 맥 빠진 나날도 많았다. 그 열매들을 거두는 날 얼마큼 탐스럽고 건강한 것들을 내어 놓을 수 있을는지 모르겠다. 단 하나의 과실을 맺는다 해도 온 마음을 다해 정성을 기울였다면 후회는 없을 것이다. 가장 소중한 하나를 위해 곁에 머물러 있었던 많은 것들을 버려야 할 때도 있었다. 너무 아까워 놓지 못했던 것, 애써 일구느라 바친 정열, 기대하고 참아왔던 고통의 시간을 다 솎아내고 싶다.

제때에 떠나감이란 쾌적하고 말끔한 느낌을 준다. 유명한 스타들이 아직 활동할 수 있는 나이임에도 과감히 은퇴를 선언하고 아름다운 삶을 즐기는 모습은 정말 멋지다. 일찍이 거두어 놓은 열매들을 어려운 이웃과 나누는 이들이 있어 아직도 세상은 따뜻한가 보다.

어느 시인이 '가야할 때가 언제인가를 분명히 알고 가는 이의 뒷모습이 얼마나 아름다운가!'라고 노래한 이유를 깨닫는다.

내 삶의 공연이 끝난 후 감동의 박수와 함께 퇴장할 수 있기를 소망한다.

삶의 2중주

내겐 두 딸이 있다. 작은딸이 서른다섯 살이 되었으니 나도 이젠 나이가 꽤 들었다. 요즈음엔 아들보다 딸이 부모와 가까운 이유에선지 나처럼 딸딸이 엄마가 은메달이란다. 애절하게 아들을 기다리던 시대와는 참으로 다른 세상이 되었음을 실감한다.

큰아이는 성격이나 행동거지, 걷는 뒷모습까지 제 아비를 닮았고 작은딸은 나와 너무도 흡사하기에 우린 일찍이 두 편 가르기에 익숙했다. 친척들마저도 큰아이의 아빠, 작은딸의 엄마로 통했다. 법대 재학 중에 만난 백인과 결혼한 큰딸은 한국, 미국을 반반씩 닮은 손자 녀석을 선물해 주었다. 작은딸과는 말을 하지 않아도 서로의 마음을 정확히 읽는다. 상담심리로 대학원을 마친 뒤 고등학교의 카운슬러로 일하고 있다. 이 또한 한국에서 중학교 교편생활을 했던 내 자리를 이은 것 같아 마음이 푸근하다. 대학생활 후 이제껏 혼자의 삶을 잘 관리하는 아이를 나는 신뢰한다. 제 덩치보다도 큰 개 한 마리를 절친한 친구로 삼고 시집갈 생각은 전혀 하질 않는 답답함만 아니라면 흠잡을 일이 없다.

세 살과 두 달된 딸들을 데리고 미국생활을 시작했다. 생활 터전을 잡느라 혼신의 힘으로 살아오면서 언제나 두 아이에게 최우선을 두었다. 연습 없는 자식 기르기에 지름길도 찾지 못해 앞만 보고 열심히 달렸다. 저만치 쏟아지는 비를 먼저 뛰어가 맞으며 그들을 지켰다. 행여 너무 미국적인 아이들이 될까 봐 늘 우리의 사고를 심어주며 균형 있게 자라기를 소망했다.

남편은 엄마와 딸들이 함께 할 시간을 많이 갖도록 배려해 주었고 나는 여자로서의 정체성을 확고히 만들어 주려 아이들의 얘기 들어주기에 많은 시간을 할애했다. 성공한 일보다는 고통의 체험을 들려주었고 아름다운 사람과의 만남에서 행복을 찾는 가치를 얻을 수 있도록 이끌었다.

샌드위치가게를 운영하면서 틈틈이 여행을 다녔고 젊은이들의 문화를 익히고 새로움을 접해보려 많은 노력도 하였다. 그 시간은 곱게 쌓여 성실한 사회의 구성원으로 자라났고 충실한 삶의 주인공들이 되었으니 이젠 어느 만치 우리의 숙제를 끝낸 셈이다.

얼마 전 작은딸과 여행을 했다. 긴 여름방학 동안엔 배낭 하나 메고 세계 곳곳을 돌아다니는 멋진 아이다. 세상 떠난 남편 생각에 쓸쓸해 하는 어미의 마음이 전해졌는지 모처럼 시간을 내어주었다. 우리는 시애틀과 캐나다 로키산맥으로 길을 떠났다. 잘 꾸며진 관광지보다는 한적한 시골길을 걷고 싶었고 숲속의 새들을 만나고 싶었다. 무엇보다도 딸아이와 함께 있기만으로도 귀한 시간이었기에 모든 자연은 아름다웠다. 사막도 지나갔고 높은 고개도 넘었다. 울창한 나무 사이사이 쪽빛 물의 작은 호수도 보았다. 2천마일이 넘는 먼 길을 번갈아 운전대를 잡으며 우린 많은 얘기를 나누었다. 딸아이는 엄마의 어린 시절의 얘기가 궁금한 모양이었다. 나의 마음은 먼 옛날로 뒷걸음치며 달려가고 있었다. 문득 내 엄마도 그리워졌다. 나도 한때는 사랑받던 딸이었거늘.

내가 엄마가 되어 딸과 맺은 인연이 참으로 오래되었고 어느새 아이는 내 생각을 뛰어 넘는 큰 나무로 서 있었다. 결혼 25년을 기념하며 남편과 내가 여행했던 그 길을 딸과 함께 걸었다. 오랜 친구 같은 부부가 되기를 원했는데 그는 먼저 떠났다. 아이는 내 곁의 빈자리를 대신 채우려 애쓰고 있었다. 제 머리를 쓰다듬던 내 손을 따뜻하게 품어 주었다. 이젠 내가 아이들에게 기댈 때가 되었는가. 온 세상을 다 가진 것 같은 풍성함이 가슴에 젖어왔다.

우리 모두는 삶의 연주자이다. 때론 불협화음이 되어 나온다 해도 끝까지 연주를 마칠 일이다. 가족이라는 이름의 오케스트라에서 각기 다른 악기로 삶을 표현한다. 오늘도 또 다른 하모니를 일구며 자기의 소리를 가다듬고 있다. 훗날 나마저 떠나면 우리 두 딸은 어떤 노래를 들려주려나. 제 부모가 그토록 만들고자 애썼던 아름다운 2중주를 기억해 준다면 행복하겠다. 찬란한 태양을 노래하는 희망의 멜로디를 꿈꾼다.

제 4 부

낮은음자리표

물, 물, 물

개운한 느낌이 좋다. 잠에서 깨면 샤워로 하루를 시작한다. 지난해 겨울 캘리포니아가 워낙 가문 탓에 오랫동안 물을 틀어놓기가 죄스럽다. 몸과 마음이 정결해진다. 지구 표면의 70%가 바다라는 것을 생각하면 물은 가장 흔한 것일지도 모른다. 값도 그리비싸지 않아 오죽하면 마구 소비하는 것을 보며 '물 쓰듯 한다'고 했을까.

물은 생명이다. 시들어 가던 꽃나무도 한 줄기의 물을 먹으면 바로 살아난다. 사막을 지나는 목마른 사람은 오아시스를 찾기까지 얼마나 고통스러워하는가. 어항 속의 금붕어에게서 물을 모두 빼앗아 버린다면 곧 죽을 것이다. 엄마 태중의 양수는 잉태된 생명을 키우고, 우리 몸의 십 분의 칠은 물이 아니던가.

나는 바닷물을 무서워한다. 열 살 때쯤 해운대 바다에 빠져 죽을 뻔했던 기억 때문이다. 하와이여행에서도 그 아름다운 와이키

키 바닷물에 손 한 번 담그질 못했다. 그런 내가 이민생활이 너무 힘들어 때때로 산타모니카 해변을 혼자 찾은 적이 있었다. 바다서 끝 하늘과 맞닿은 곳을 바라보며 계속 나아가면 엄마가 계신 곳에 이를 것 같아 목 놓아 울기도 했다. 두려움을 느낄 만큼 큰바다는 내 고통을 다 받아줄 것 같았다.

눈물이 흐른다. 어려서부터 잘 우는 아이였다. 원하는 것을 갖지 못할 때도 떼를 쓰며 울었고 무안을 당하면 돌아서서 눈물을 훔치곤 했다. 슬픈 소설은 날 울렸고 영화 속 비련의 주인공도 나였다. 살면서 정말로 내게 아픈 일들이 닥쳤을 때 그동안의 많은 연습 때문인지 눈물이 멈추질 않았다. 단순히 눈에서 분비되는 액체만이 아니었다. 심장에서부터 솟구치는 비명 같은 것, 칼끝으로 벤 상처 위에 소독약이 닿은 것 같은 쓰라림이었다.

비를 맞으며 걷기를 좋아했던 적이 있다. 억수 같은 소나기는 피해야 했지만, 뿌연 하늘이 참았던 눈물을 떨구는 것 같은 빗방울은 왠지 우산으로 가리기가 미안했다. 빗물은 차가웠어도 내 마음에 들어와 따뜻해지는 것 같았다. 어느 해인가 기다리던 소풍날 쏟아지는 비를 피해 처마 밑에서 도시락을 열었던 초등학교 시절도 생각난다.

피는 물보다 진하다고 한다. 가족이란 피로 연결된 생명체다. 공통의 유전자를 소유하고 비슷한 겉과 속의 성향이 있다. 맘에 들지 않아도 부정할 수 없고 보고 싶지 않더라도 마주치는 혈연이다. 아무도 스스로 선택한 적 없지만, 피를 나누어 태어난 또 다른 내 모습을 본다. 그래서 우리는 외롭지 않다. 손잡고 함께 갈 수 있다. 가족을 위해 목숨을 내놓을 수 있는 거룩한 피도 붉은 빛을 지닌 물이 원천이다.

물은 치유의 힘이 있다. 성당에 들어설 땐 성수를 찍어 십자가를 긋는다. 세상에서 더럽혀진 영혼의 씻김을 기도한다. 치유는 전혀 새로운 것을 갖게 되는 일이 아닌, 있는 것을 변화시키는 힘이라 한다. 얼룩을 지우고 바랜 색깔은 덧칠하여 원래의 모습으로 돌이켜 다시 태어남이다.

그동안 내가 흘려보낸 물이 얼마나 많을까, 육신을 깨끗하게 하고, 더럽혀진 물건들을 씻고, 때 묻은 옷들도 세탁했다. 가슴을 치며 괴로움에 쏟아낸 눈물은 또 얼마인가.

고귀한 생명의 물을 품고 싶다. 다른 이의 마음 안에 흘러들어 씻어주고 위로하며 함께 평화로 나아갈 수 있는 치유의 물이 되고 싶다. 좀 더 이웃에게 마음을 쓰고 다정한 눈길을 보내련다. 세상 모든 사람이 서로의 가슴에 흐르는 물길을 지나 행복의 나라에 다다를 수 있다면 밝은 세상이 활짝 펼쳐지리라.

머리에서부터 나를 적시는 샤워 물줄기가 따뜻하다.

오래된 약속

포도의 계절이다. 8월이 되면 외사촌 동생이 생각난다. 텍사스에서 약사로 일하고 있어 자주 만나질 못한다. 나보다 한 살 아래인 사촌과는 어린 시절 한 집에서 자랐다. 내 어머니는 여섯 형제 중 오직 막냇동생인 외삼촌과 월남하셨기에 두 남매의 정은 가늠할 수 없을 만큼 깊었다.

그애와 나는 많이 다르다. 세 언니를 가진 나와는 반대로 두 남동생이 있다. 사내아이들의 놀이를 좋아했고 소꿉장난을 할 때도 늘 아빠 역할을 맡았다. 내가 K여중 입시에 불합격하여 후기여중에 다니고 있을 때 당당히 K여중 배지를 달고 나타나 뻐긴 이후 난 그애를 멀리 했다. 관계 개선이 된 것은 그애가 나의 대학 후배로 입학을 한 후였다. 한 번도 내게 '언니'라 부르지 않던 사촌 동생으로부터 대학생이 된 다음에야 선배 대접을 받았다.

여름이 한창인 어느 날이었다. 8월 10일생인 사촌의 생일쯤이라 기억한다. 꽃밭에는 온갖 색깔의 꽃들이 뜨거운 볕 아래에서 노래하고 마당 수돗가의 물통엔 수박이 몸을 식히고 있었다. 우리는 아버지가 만드신 평상에 앉아 포도를 먹었다. 검은색을 띤 잘 익은 포도송이는 어린 우리 앞날의 꿈을 품어 키워주는 듯 단단하고 윤기가 흘렀다. 가장 큰 포도 알부터 머리를 맞대고 질세라 숨 쉴겨를도 없이 먹어치운 우리는 마주보며 크게 웃었다.

그때 우리는 한 가지 약속을 걸었다. 50년 후의 여름날, 포도 먹기 경쟁을 기약했다. 계절에 상관없이 포도를 먹을 수 있으리라고는 상상도 못했기에 8월에 있는 그애의 생일로 정했다. 올해에 동생이 회갑을 맞는다. 참으로 오랫동안 잊고 있었던 기억이 새삼스러워 가슴이 따뜻해진다.

젊은이는 앞날의 이야기를 하지만, 나이가 들수록 지난 얘기에 마음이 움직인다고 한다. 육십여 년 동안 사촌동생과 나는 참으로 다른 길을 걸어왔다. 어려서부터 함께 자라온 그 시간의 기억들을 공유하고 이제 삶의 후반기에서 마주하게 된다. 포도 먹기 경쟁의 약속을 그애도 떠올리고 있는지 궁금하다.

살면서 지키지 못한 약속이 얼마나 많은가. 섣부른 허세로 내뱉은 말이 누군가를 실망하게 한 일은 셀 수도 없다. 곧 8월이 오면 옛 약속을 지키고 싶다. 한 송이가 아니고 한 박스의 포도를 앞에 놓고 그 시절의 마음으로 돌아가리라. 그땐 모든 것들이 내가 생각하는 대로 다 될 줄 알았지. 살아보니 정녕 내 계획은 그저 희망이었다는 것을 깨달았다.

8월의 태양 볕은 그때도, 지금도 뜨겁다.

낮은음자리표

세상엔 많은 악기가 있다. 각각의 개성 있는 소리는 함께 어우러져 웅장한 음악을 만들기도 하고 때론 아주 가냘픈 분위기도 연출하면서 듣는 이의 마음을 흔들어 놓는다.

어려서 피아노를 배울 기회가 있었다. 가난했던 시절이라서 그리 오랫동안 지속하지 못했을 뿐 아니라 집에는 피아노도 없었다. 아버지가 만들어 주신 두꺼운 마분지 건반모형을 엄마의 재봉틀 위에 얹어 놓고 손가락 연습을 하며 음계를 외우곤 했다. 나는 소질이 좀 있었는지 짧은 시간에 꽤 진도를 나갔다. 바이엘과 체르니 30번을 뗀 수준이었다. 담임선생님은 음악시간이면 내게 반주를 부탁하셨고 풍금소리에 맞춰 친구들은 열심히 노래를 불렀다. 나는 선생님이 자주 음악시간을 마련하시기를 기다리곤 했다.

공영방송국이었던 KBS어린이합창단에 뽑혀 중학생이 될 때까지 많은 활동을 했다. 라디오 방송프로는 물론 5학년이 되었을 때 처음으로 TV방송이 시작되고는 줄곧 출연하는 모습이 화면으로 방영되었다. 여고시절에도 학교합창단에서 열심히 노래 부르기를 익히고 즐겼다. 특히 새로 오신 음악선생님의 준수한 외모 때문에 아이들은 앞 다투어 합창반에 들어가려 했다. 나는 메조소프라노 파트를 맡아 하였고 2부 합창곡이면 알토를 노래했다. 음악이론과 합창에 관한 공부를 익힐 수 있어 한때는 음악대학에 진학할 마음을 먹기도 했다.

혼성합창단의 소리는 여성합창보다 훨씬 풍성하고 깊이가 있다. 제대로 된 혼성 4부의 노래를 부르고 싶은 꿈을 키워온 나는 성당 성가대의 일원이 되었다. 멜로디를 끌고 가는 소프라노에 부드러운 알토 화음을 넣고, 맑고 높은 테너를 가미하면 깊은 우물 밑에서 퍼 올리는 저음의 베이스가 단단히 짚어주는 감성의 노래가 완성된다. 얼마나 전율이 느껴지는 화음인가. 많은 합창곡은 피아노를 비롯한 악기의 반주를 곁들여 하게 되지만 정말로 아름다운 화음은 아카펠라로 극치에 달한다. 사람이 만들어내는 목소리만큼 아름다운 효과음은 없을 것 같다. 절대의 감동 그 자체를 선사한다.

음악이론을 배우며 높은음자리표와 낮은음자리표를 그린다. 어째서 그런 형태로 그리기 시작했는지는 모르겠다. 높은음자리표는 오선의 처음 칸에서 둥글게 뻗어 오르기로 시작하여 순식간에 꼭대기를 치고 다시 아래로 곤두박질을 하는 형태가 된다. 반면 낮은음자리표는 아래음의 높은 칸에서 등을 굽히는 자세로 내려와 맨 아래 칸에 닿은 후 등 옆에 두 점을 찍어 마무리한다.

이 다른 두 개의 음자리표는 우리의 삶과 같아서 열심히 노력하여 도약하지만 계속 높은 데에 머물러 있어서는 안 되는 듯하다. 저 아래 나를 떠받치고 있는 토대에 발을 딛고 섰을 때 삶의 한 노래가 완성되는 것이 아닐까.

나는 낮은음자리표가 더 좋다. 왠지 높은음자리표는 나와 어울리지 않는 듯하다. 높은음을 내기가 힘겹기도 하지만 어디든 오를 때의 고통을 잘 알기 때문이다. 어쩌면 게으르고 최선을 다하지 못한 지난 시간에 대한 변명일 수도 있다. 남보다 우뚝 서 있었던 시절도 기억에 없을 뿐더러 낮은 자리의 많은 이들과 함께 어울릴 수 있어서 좋았다. 외롭지 않았다.

오선지를 펴고 음표를 그린다. 약간은 허리를 숙인 겸손한 자세로 서서 마침표를 찍는 낮은음자리표를 닮은 노래를 만들고 싶다. 내 삶의 멜로디가 그려진 곡조를 흥얼거린다.

꽃은 용서 받는다

어지간히 메마른 겨울이었다. 극심한 물 부족을 겪고 있는 캘리포니아가 계속된 절수정책에 고심하며 극단의 처방을 내렸다. 식수를 제외하고는 제한적으로 물을 사용하도록 일깨우는 일이다. 그중에서 가장 효과적이며 반감이 적은 잔디 대체하기 작전을 주변 이웃들이 어느새 이룬 것이다. 나도 우리 집 앞마당의 잔디를 엎어내고 잔잔한 돌과 선인장으로 꾸미기 위해 한동안 물 공급을 하지 않았다. 보통 겨울 동안에 가끔 내리는 비로 마당 둘레에 심어진 나무들이 제법 자라나서 봄이면 싹을 틔우며 무성한 잎으로 여름을 맞지만, 이번에는 초여름이 다가오도록 겨우 작은 잎들을 매달고 있다.

누구나 꽃을 사랑하리라. 어릴 적을 떠올릴 때마다 수돗가 화단에 많은 색깔이 어우러져 피어있던 꽃이 그려지고, 남의 집을 방문할 때면 거의 꽃을 준비한다. 예전에는 이름도 모르던, 한 번도 본 적이 없는 꽃들을 계절을 즐길 수 있으면서 받을 사람의 개성에 맞게 고르는 일이 아주 행복하다. 꺾어서 만든 한 다발의 꽃보다 예쁜 화분을 선택하는 경우가 많은 것은 땅에 옮겨 심어 오랫동안 가꾸며 즐거워할 수 있기 때문이다. 누군가가 내게 준 화분의 꽃이 다 떨어져도 한두 해가 지나 다시 꽃망울을 피워낼 때의 환희는 어디에도 견줄 수 없을 만큼 크다. 정성껏 돌보아 온 대가인 셈이다. 그 꽃을 주신 분에 대한 기억이 새로워짐도 놓칠 수 없는 기쁨이다.

이웃과의 담장 노릇을 하는 큰 나무가 있다. 사이가 좋은 옆집이라면 굳이 없어도 될 듯한데 먼저 살던 사람도 그들을 별로 좋아하지 않은 것 같다. 커다란 달걀 모양의 원형으로 다듬어 놓아 가끔은 삐죽이 나오는 곁가지를 잘라내 주어야 한다. 처음부터 자연스럽게 놓아두었으면 좋았겠다는 생각이 든다. 오늘 아침 가드너는 사다리 위에 올라 모터의 힘으로 돌아가는 큰 가위를 빠르게도 움직인다. 매끄러운 외형을 만드느라 잘리는 푸른 잎들이 공중에 휘날린다. 잠시 지켜보고 있다가 윗가지 끝에 하얗게 피어난 꽃대를 발견하였다. 분명히 꽃이었다. 나는 큰 소리로 가드너의 손동작을 중단시키며 그것은 자르지 말도록 청했다. 차마 꽃을 매달고 있는 가지를 쳐낼 수가 없었다. 사실 그 나무가 그런 꽃을 피우는 것조차도 난 모르고 있었다.

사람에게도 자신만의 꽃이 있다. 높이 매달려 있는 꽃망울은 알아채지도 못하면서 내 눈높이만큼에서 상대를 평가하고 마음에 걸어놓은 적이 많았다. 내 겉모양을 유지하기 위해서는 정말로 소중한 부분을 또 얼마나 소홀히 하고 살아왔는가. 큰 나무가 되어 서 있는 내 모습을 본다. 여린 싹에서부터 시작된 인생은 때론 감당할 수 없을 무거운 가지들 등에 업고 참아야 했다. 시간은 그렇게 흐르면서 푸름과 화사한 꽃잎의 향기에 취해 보기도 했으니 어려움만 있었던 것은 아니었다.

이제 가위를 들어 가지치기할 때다. 밑동은 튼튼하게 지탱하되 온갖 부정적인 생각과 고통의 기억들은 말끔히 잘라내고 싶다. 내 삶에서 정리된 꽃가지 사이로 드러난 파란 하늘을 보리라. 만발한 꽃들의 노래도 즐겨보리라. 잘 피워낸 꽃을 벌하는 이는 없을 것이다.

시암쌍둥이

〈가시나무〉라는 대중가요가 있다. 내 속에 내가 너무도 많아 중심 잡고 살아가는 일이 잘되지 않은 뿐더러 사랑이 쉴 자리를 찾지 못한다는 가사 내용이다. 원래 곡조가 애절한 데다 아주 여린 외모를 가진 남자가수의 목소리가 듣는 이의 마음을 슬프게 한다. 바람이라도 불면 가시나무 줄기는 서로 부딪혀 엉기고 상처를 주지만 그래도 한 나무에 붙어 살아갈 수밖에 없는 운명을 노래한다.

언젠가 TV에서 두 몸이 하나로 붙어있고, 머리에서 가슴까지는 독립된 두 인간인 시암쌍둥이를 본 적이 있다. 한 몸에 불완전한 다른 하나가 붙어있는 셈이다. '시암'은 옛 태국을 말하는데 처음 이런 모습의 인간이 발견되었다고 한다. 이 백인 자매는 다행히 노래 부르기를 좋아해 중부의 작은 마을에서 가수로 살아가고 있다. 주체가 되는 하나가 가슴까지밖에 갖지 못한 다른 자매를 거의 안고 다니는 지경이다.

다른 남자 시암 형제가 비쳤다. 거의 오십 대로 보이는 그들도 긴 세월을 한 몸으로 살아왔다. 가족에 둘러싸여 생일을 축하 받는 장면이었다. 생각이 다른 두 개체가 죽는 날까지 뗄 수 없는 한 몸으로 살아간다는 모습이 처절해 보이기마저 하였다.

휴가를 얻어 남편 곁에서 치료를 도우며 집에 머물렀던 때가 있었다. 그 시간도 그리 길지 않아 약 5주간의 호스피스 기간이 될 무렵 그는 떠났다. 난 바로 은퇴를 했다. 근무하던 직장에서 돌아오라는 오퍼가 있었으나 그때엔 아무런 생각도, 내 삶도 예견할 수 없어 무조건 그대로 멈추고 싶었다. 퇴직하기에는 너무 이른 55세에 직장을 떠난 것이 어쩌면 남아있는 시간을 무책임하게 결정한 것인지도 모르겠다. 62세라고 규정된 조기은퇴 나이가 요즈음 들어 늘어나는 추세다. 건강과 능력이 갖춰진 고급 인력이 물러난다는 것은 어떤 면으로 낭비일 수 있다. 숙련된 기술과 경험은 아무리 신교육의 앞선 기술을 가졌다 해도 젊은 세대가 따를 수 없는 영역인 까닭이다.

2015년의 새해 첫날을 맞았다. 지금은 무언가 적극적인 삶의 환경을 만들 귀중한 선택이 필요하다는 소리가 끊임없이 내 안에서 들려온다. 다음 주에는 외손자의 열 살 생일을 축하하는 파티를 가질 것이다. 혼자가 된 후로 지금까지는 손자를 돌봐주는 일에 거의 주도권을 빼앗긴 시간이었다면 이젠 부쩍 자라나 내 손이 크게 필요하지 않을 뿐 아니라 간섭받기는 더욱 싫어하는 아이를 그냥 곁에서 지켜봐 주는 일로 충분한 때다.

내 마음이 동시에 외친다. 노래를 좋아하니 열정적으로 불러라, 글쓰기에 더욱 노력하여 제대로 된 수필 하나라도 완성해라, 많은 사람을 찾아다니며 즐거운 모임을 꾸며주고 기뻐하게끔 도와줘라, 아니면 평생 착실히 하지 못했던 살림정리와 두 딸을 위해 시간을 할애하며 주부의 결말을 장식하라.

나는 내면적인 시암쌍둥이다. 두 머리를 가진 그들은 서로의 의견을 조율하여 행동으로 옮기며 살아가는데, 내 한 머릿속에서는 수없는 생각이 각각의 다른 주장을 들고 나를 설득한다. 어떤 계획을 수렴할 것인가. 살아온 시간 속에서 내가 습득한 타성이 아닌 현재의 환경을 제대로 파악하고 이 사회에 동떨어지지 않는 유연성을 갖고 싶다. 오늘날의 생활연령은 생체나이의 80%로 계산한다니 난 아직 활기찬 중년이다. 요즈음 제일 뜨는 노래가 〈내 나이가 어때서〉란다. 손자 생일파티 준비부터 끝내고 차근차근 계획을 적어보련다.

짝사랑

　매일 아침 등굣길은 학부모와 아이들로 복잡하다. 6학년 새 학기를 맞은 손자 녀석도 제법 큰 소년티가 난다. 조금씩 어른 품에서 벗어나려는 듯 손을 잡아도 슬며시 뺀다.

　시간은 말없이 흐르면서 커가는 아이 마음 안에 많은 생각을 담아두었다. 때론 이야기를 나누면서 마치 어른과 마주하고 있는 듯한 착각에 빠지기도 한다. 애틋한 내 눈길을 아는지 모르는지 친구들 속으로 내달음치고 만다. 나 혼자의 외짝사랑이다.

　누군가를 좋아함은 행복한 일이다. 초등학교 2학년 때 반장 아이를 좋아했다. 지금까지 그애의 얼굴도 이름도 기억에 선명하다. 어린 내 눈에 점잖아 보이는 모습이 어른 같았다. 다른 남자아이들처럼 우리를 괴롭히거나 방해하지 않았다. 태어나 처음으로 가졌던 사랑의 감정이었다. 여고시절엔 독일어 선생님을 흠모했다. 독일어 수업은 지루했고 시험은 어려웠지만 난 항상 최고 점수를 받았다. 선생님의 관심이 필요했기 때문이었다. 친절한 선생님의 시선과 칭찬은 늘 나를 설레게 하였다. 훗날 교직생활을 하던 중 어느 교사연수에서 그분과 마주쳤을 때 철없었지만 심각했던 당시의 내 모습이 떠올라 웃었다. 역시 나 혼자만의 풋사랑이었다.

대중적인 짝사랑도 무시할 수 없다. 눈에 보이는 큰 물질에서부터 욕심으로 가려져 있는 마음까지 모두가 한 방향 사랑의 대상이다. 여자들이 갖고 싶어 하는 명품이 그것이고 드라마 속 주인공의 멋진 모습에 열광하는 것도 한 마음이다. 연예인들을 통해 대리만족을 경험하는 것이다.

짝사랑을 받으며 살아온 건 아닐까. 부모님의 일방적인 사랑 속에서 자랐고 지금도 우주와 자연의 보호 아래 산다. 그것이 아니라면 생명조차도 이을 수 없다. 쏟아지는 별빛 아래서 외로워했고 아침 안개에 하루의 소망을 달았다. 내 마지막 호흡을 거두어 들일 우주 안에서 숨 쉬며 살아온 오늘까지 미처 깨닫지 못한 숭고한 사랑이다.

조물주의 사람에 대한 사랑도 한 방향이리라. 나이가 들면서 돌아가야 할 때에 대한 두려움을 가진다. 끝 모를 곳에서 왔으니 다시 영원으로 떠나야 하는데 과연 나는 그 사랑에 얼마큼 답하며 삶을 채웠을까. 애당초 내가 짝사랑의 대상이란 엄청난 사실마저도 눈치 채지 못한 긴 시간이었던 듯하다.

살면서 무언가를 결정하는 일은 아주 중요하다. 어느 광고의 문구처럼 순간의 선택이 평생을 좌우할 때가 있다. 내가 정한 사랑에 대한 책임이 따르는 까닭이다. 나도 모르게 늘 좋아하는 것을 선택하였고, 고통이 따른다 해도 이겨내야 했다. 사랑하지 않으면 지킬 수 없는 일들이었다.

어디 일뿐일까. 남들의 눈에 어찌 비치든 내가 사랑하는 사람들을 품어야 했다. 외길 사랑으로 끝난다 해도 억울해 하지 않았다. 내가 행복했으므로.

얼마나 많은 시간을 혼자 사랑하며 살았나. 부자가 되기 위해 치열하게 일했고 자랑스러운 자식들로 키우려 꽤 극성도 부렸다. 특별한 사람이 되고 싶었고 능력 과시를 위해 용기를 아끼지 않았다. 모두가 부질없는 스스로에 대한 짝사랑인 것을 깨닫지 못한 채 세상 끝까지 갈 뻔했다. 이젠 굴레를 벗어나고 싶다. 왕복사랑을 이룰 수 있는 그때를 기다리련다.

우선멈춤

 밤새 불던 바람이 아침햇살에 고개를 숙였나 보다. 앞뜰의 자작나무 줄기들이 서로 부대끼며 내는 휘파람 소리에 잠을 설쳤다. 나뭇가지들이 부러지고 떨어진 이파리가 곳곳에 수북하다. 캘리포니아에 가을을 기다릴 이맘때면 찾아오는 산타아나 열풍의 위력이 상당하다. 한주 내내 강풍주의보가 발효 중이다.

 모든 것이 멈춰 섰다. 갑자기 정전된 것이다. 디지털시계도 움직이지 않고 컴퓨터 화면도 캄캄하다. 씽씽 돌아가던 세탁기의 가득한 물속에서 빨랫감이 출렁인다. 가스레인지 점화에도 성냥이 필요하다. 전력에 의지하던 그것들은 가던 자리에서 꼼짝없이 얼어붙어 있다. 예고되지 않은 멈춤 때문에 황당한 처지에 있는 사람은 없을까. 샤워 중이었거나 열심히 글을 쓰고 있던 사람들, 아니면 맛있게 식사를 즐기는 중이었을 수도 있겠다.

 운전하면서 스톱 사인을 자주 만난다. 큰 도로에서보다는 샛길 작은 골목에 많다. 스톱 사인을 만나면 무조건 서야하는 것이 교통법규다. 사거리에서 두 곳만이 정차해야 하는 때도 있지만 대부분 네거리 모두에 해당하는 경우이다. 완전 정차를 하고 상대방 운전자와의 눈 맞춤으로 지나갈 순번을 정한다. 서로 먼저 가려한다면 위험하게 될 것이고 어떤 때는 각기 머뭇거리다가 정체가 길어지는 수도 있다. 마주친 사람들끼리 얼마만큼의 같은 생각으로 통하는가에 달린 셈이다.

얼마가 지났나, 다시 움직이고 있다. 전기 시설 복구가 끝난 모양이다. 에디슨이 위대하다. 전기파워에 고마움을 느낀다. 나는 새롭게 시간을 맞추고 세탁기의 버튼을 조정하고 컴퓨터를 다시 켠다. 모두가 가던 길을 계속해서 달린다. 시계도, 컴퓨터도, 세탁기도 제 일에 충실하다.

삶의 시계는 계속 흐른다. 그 속도와 세기를 결정하는 일은 내 몫이다. 일반도로에서는 낮은 속도로 주변을 살피며 교통신호에 따라 움직일 일이다. 고속도로에 올라서면 쉼 없이 달리는 얼마만큼의 시간이 주어진다. 멈추고 싶다면 출구로 내려서 다시 속도를 조절할 기회를 가질 수 있다.

잠깐 멈춘다는 것은 계속 나아감을 말한다. 끝까지 도달하기 위해 숨을 고르고 지나온 길에서 스치며 놓쳐 버린 것들을 기억하게 한다. 멈춰서야만 볼 수 있는 것들을 그때야 만날 수 있는 까닭이다. 나를 점검하는 시간이다.

내겐 나쁜 버릇이 있다. 어떤 일에 흥미를 크게 느낀 경우라거나 좋아하지 않더라도 꼭 해야만 하는 것이라면 집요하게 끌고 가는 고집이다. 그야말로 끝장을 볼 때까지 밀어붙이다보니 부작용도 만만치 않다. 때론 반대에 부딪혀 상처를 받기도 하고 혼자 가는 길에서 외로움도 견뎌야 한다. 게다가 중간에 쉼을 갖고 돌아보는 것이 아니라 미련하게 앞만 보고 달리다 실패를 겪는 일도 많다. 우선멈춤의 여유를 모르는 무모함이다.

오늘이라는 궤도 위에 나를 얹는다. 인생길 위에서 다른 힘으로 어쩔 수 없이 서서 기다리는 것이 아닌 그 멈춤의 순간을 내가 정하고 싶다. 여유 있게 사방을 둘러본 후 마음을 가다듬고 출발한다. 그리 멀지 않은 목적지까지 가는 길에 놓인 것들을 눈으로 가슴으로 새긴다. 지금 이 순간은 다시 되돌아오지 않을 것을 잘 알고 있기 때문이다.

딱 걸렸어!

알러지를 가진 딸아이가 두 마리의 새끼고양이를 보고 놀란다. 딸네 식구들이 여행을 간 사이 글쓰기에서 뵙게 된 목사님 댁을 방문했다. 키우는 고양이가 무려 여덟 마리의 새끼를 낳았단다. 페르시안 종이라서 몸통이 길고 얼굴도 아주 예쁘다. 목사님께서 내게 한 마리를 줄 테니 길러보라신다. 어릴 적부터 우리 집은 늘 여러 마리의 개가 함께 살았기에 고양이에 관한 관심은 없었다. 연체동물처럼 휘어진 몸이나 너무도 부드러운 털의 촉감도 낯설어 썩 내키질 않았다. 얼른 맘에 드는 예쁜 녀석을 고르라시는 말씀에 이끌려 거절의 뜻을 밝힐 때를 놓치고 말았다. 막상 작은 상자에 점박이 새끼고양이를 넣으시던 목사님께서 혼자는 외롭다며 완전 검은색인 새끼 하나를 함께 주셨다. 나머지 새끼들은 어찌 되나. 후에 들으니 동물보호소로 데려다 주셨단다. 정해진 시간 안에 누군가가 입양을 하지 않으면 모두 안락사를 시킨다

던데. 그나마 내가 데려온 두 마리는 행운인 셈이다. 걷잡을 수 없는 번식력을 가진 고양이 문제가 이만저만이 아닌 모양이다.

고양이를 밖에서 기르기로 했다. 생후 3주밖에 되지 않은 아기라서 마음이 썩 편하질 않지만 집안에 들여 놓을 수가 없다.

두 마리는 언제나 함께 붙어 다니며 잘 자랐다. 자기들이 사랑을 받는 줄을 아는지 곁에 와서 예쁜 짓을 한다. 잘 몰랐던 고양이의 습성을 보니 사람에게 매우 친근감을 주는 동물이다. 개들과는 달리 크게 돌봐주지 않아도 스스로 깨끗하게 제 몸을 관리할 줄 아는 게 신기하다. 이웃 사람들도 보는 대로 쓰다듬고 먹이도 주면서 온 동네의 pet이 되었다.

고양이는 과식하지 않는 것 같다. 밥그릇에 남은 먹이가 마르지 않도록 가벼운 비닐 뚜껑을 씌워 놓았다.

어느 날인가부터 밖에 놓아 둔 먹이통이 깨끗이 비어 있었다. 정말로 스마트한 고양이로구나, 배가 고프면 다시 와서 뚜껑을 열고 남은 것을 먹는구나. 이러한 내 생각이 완전한 착각이라는 것이 밝혀진 것은 한참 후의 일이었다.

문 앞에 커다란 몽둥이가 세워져 있다. 웬 걸까. 사위가 너구리를 쫓느라고 사용한 것이란다.

너구리, 그림에서 많이 보았다. 눈가에 동그란 테를 두르고 있어 귀여운 모습이다. 게다가 그 꼬리는 여인들이 좋아하는 목도리로 알려지지 않은가. 오늘 우리 집 앞에 너구리 가족이 왔더란다.

엄마, 아빠와 두 아기. 우리 집 주변에 높은 산이 있어 아마도 거기서 살고 있을 것이다. 먹이를 구하러 동네까지 내려왔나 보다. 불쌍한 녀석들.

그때야 고양이 밥통이 얼마 동안 깨끗이 비어 있었던 해답이 나왔다. 웬만하면 계속 먹이를 줄까 하는 생각을 잠시 했다.

너구리에 대해 알아보았다. 그들은 떼를 지어 다니고 자기보다 약한 상대를 만나면 무섭게 공격을 하는 습성을 가졌단다. 너구리에게 입은 상처는 큰 병을 일으키기도 한다니 쉽게 인심을 쓸 일이 아니다. 친근감이 느껴지던 것과는 다른 모습이다. 어린 손자도 있으니 주의를 기울여야겠다.

어느 날, 현관문을 열고 나서려는데 너구리 가족과 딱 눈이 마주쳤다. 역시 네 마리다. 먼저 얘기로 들었던 그들인가 보다. 나를 정면으로 노려보고 있으니 내 몸이 굳어진다. 순간 저 꼬리 네 개면 얼마나 값비싼 목도리가 될까하는 생각도 스쳐 갔다. 아마도 그들은 일찍이 내가 치워버린 고양이의 먹이통을 찾고 있었을 게다. 쏘리.

남의 먹이를 가지러온 그들인데 나쁜 일을 하다 걸린 것처럼 내가 더 놀란 가슴이다.

살다보니 억울한 경우도 많았다. 늘 잘하던 일을 어쩌다 실수를 저지른 하필 그때 들키곤 하던 순간은 꽤 오랜 시간 기억에 남는다. 묘한 순간에 누구의 눈과 마주쳤을 때 내 의도와는 전혀 다른 상황으로 오해를 받은 일도 떠오른다. 남편을 사랑하는 마음이 딱 걸렸던 옛날 최고의 순간으로 돌아가고 싶은 이 마음은 무엇인가.

일일 아내

딸의 결혼식이 닷새 앞으로 다가왔는데 그 아빠가 제대로 걷지도 못한다. 허리 통증이 재발한 것이다.

성당 성가단장을 맡아 늘 봉사하는 시몬 형제님은 남편의 대학 후배이다. 노래를 빼어나게 잘할 뿐 아니라 컴퓨터를 비롯한 어떤 종류의 기계를 막론하고 문제해결에 일가견이 있는 분이다. 성격 또한 친절이 배어 있어 자신의 몸 상태와 상관없이 다른 이의 부탁을 외면하지 못한다. 그러니 자기의 일이야 말해 무엇 하랴.

최근 몇 주 동안 그가 경영하는 드라이크리너의 기계들이 돌아가며 말썽을 피운 모양이다. 하루라도 기계를 멈출 수 없어 손수 고치느라 무리를 한 것 같다. 척추 디스크환자에게 가장 조심할 것 중의 하나가 무거운 물건을 들지 않아야 한다는데 결국 심한 통증으로 꼼짝하지 못하는 상황이 되었다. 고통을 줄여 주어야 할 것이 먼저라서 통증클리닉엘 가야 했다. 그 아내는 딸의 결혼식 준비 점검으로 해야 할 일이 밀려있다. 마침 바쁜 일이 없는 날이기에 내가 돕기로 했다.

진통주사를 맞기 위해 찾은 병원에서 의사는 뜻밖의 얘기를 했다. 전에도 똑같은 형태의 진료를 받은 일이 있어 이번에도 통증 완화에 도움이 될 치료를 기대했지만, 의사의 말은 달랐다. 환자의 상태가 지난번과는 다른 위치의 디스크일 가능성을 진단했다. MRI 촬영을 통해 확인한 후에라야 주사를 줄 수 있다는 말이었다. 서둘러 의료 촬영소의 예약을 시도했지만, 최소한 일주일 이상은 기다려야 하는 상황이었다.

큰일이다. 닷새 후면 결혼식에서 딸의 손을 잡고 입장해야 할 신부의 아빠가 아닌가. 이곳저곳 전화로 끈질기게 사정을 하여 겨우 한 병원에서 그날의 마지막 차례인 오후 6시 45분으로 예약을 받아냈다. 하지만 그 시간에 맞춰 촬영한다 치더라도 통증 치료 의사의 진료시간이 끝날 뿐 아니라 다음날엔 아예 병원이 쉬는 날이란다. 갈수록 태산이다. 환자는 아픔을 견디느라 어쩔 줄 모른다. 앉았다가 일어서는 일이 제일 어렵다며 구부정하게 서 있는 자세가 가련해 보이기까지 하다.

무조건 의료촬영소로 갔다. 환자 대기실에는 빈 의자 하나 없이 복잡하기가 이를 데 없었다. 겨우 접수창구에 이르러 떼쓰기 작전에 돌입했다. 이보다 더한 위급상황이 또 있을까. 어떻게 해서라도 오늘 진통주사를 맞고 돌아가야만 하루 이틀 회복하여 걸을 수 있을 텐데. 직원은 대꾸도 제대로 하지 않았다. 난 아주 정중하게, 불쌍한 표정마저 지으며 매달렸다. 이번 주말에 딸을 결혼시킬 아빠임을 거듭 강조했다.

창구의 아가씨는 오후에 다시 와보라는 말 외에는 아무런 답을 주지 않았다. 포기하지 않고 그냥 기다리겠다는 말로 간절함을 대신 전했다.

한 시간쯤이 지났을까. 직원이 나를 부른다. 단걸음에 창구로 갔다. 마침 예약 취소 환자가 있는 것 같으니 계속 기다리고 있으라는 말이었다. 그러면서 촬영실 안쪽으로 옮기도록 안내해 주었다. 조금씩 희망이 보인다. 무언가 진실로 간절하게 구하는 기도는 통하는 일이렷다. 형제님의 손을 잡아 부축하여 의자 뒤를 쿠션으로 돌아 놓고 걸터앉을 수 있도록 했다. 얼마나 괴로울까.

문득 오래 전 남편의 손을 잡아 부축하여 병원에 다니던 기억이 떠올랐다. 세상을 떠나기 불과 두 달 전, 핏기 없는 얼굴에 초점 흐린 눈동자로 굳게 닫은 입술 안에서 힘주어 이빨을 깨물던 모습. 그것은 이길 수 없는 어떤 힘에 대한 침묵의 항의처럼 보였다. 항암치료를 위해 침대로 옮겨지며 마주친 눈빛은 가장 약한 인간이 자신을 통째로 의탁하는 꾸밈없는 절규였다. 그런 날을 수없이 반복했지만, 어느 끝 길에 다다라 모든 것을 놓아버리는, 어쩌면 차라리 자유로울 수 있는 무엇에 자신을 맡기는 때에 이르렀다. 더는 고통 없는 곳에서 영면하기를.

끝을 알 수 없는 기다림은 정말 힘들다. 아주 작은 희망을 붙잡고 배고픔도 삭이며 또 얼마의 시간이 흘렀다.

다시 나를 부른다. 곁에서 형제님은 부인이 아니라며 소리를 친다. 내가 곤란해 할까 봐서라나. 무슨 상관인가, 나를 부인이라 불러도 좋아, 빨리 촬영실에만 넣어 준다면. 신난다. 이번엔 틈새에 촬영할 순서로 넣어 준다네. 오후 2시 40분. 무려 다섯 시간의 기다림 끝에 얻은 차례다. 무조건 감사하다. 서둘러 촬영 CD를 받아 가면 오늘 중에 진통주사를 한 방 맞을 수 있겠다.

약의 힘은 대단하다. 의사의 말대로 전과 다른 위치에서 디스크가 파열된 어마어마한 통증이란다. 얼마 후 주사를 맞고 나오는 형제님이 다른 사람 같았다. 뚜벅뚜벅 잘도 걸어 나오네. 물리치료사의 설명을 듣고 스트레칭을 하고 병원을 나왔다. 아, 배고프다.

세 끼를 한데 모아 형제님과 가짜 부인이 정신없이 먹었다. 하루의 모든 과정을 감사하며.

이틀 후에 한 번 더 주사를 맞으면 딸의 결혼식을 마칠 때까지 끄떡없을 것이다.

남편이 떠나기 전까지 나도 한 남자의 아내였다. 오늘 형제님에게 내어드린 작은 정성이 아픔을 덜어줄 수 있는 귀한 결과를 낳았으니 나도 행복하다. 오랫동안 잊고 살아온 아내라는 말, 부인이라는 호칭을 떠올리며 가만히 남편을 불러본다. 금방 '여보'라는 목소리가 들려올 것 같다.

　오늘 하루 시몬 형제님의 일일 아내의 몫을 잘해낸 내가 신통하
다.

　'아내'라는 말, 참 따뜻하다.

죽는 연습, 사는 연습

새해가 밝았다. 어제와 똑같은 모양의 빛이지만 우리 눈엔 매일 아침 뜨는 태양이 항상 새것처럼 보인다. 매년 1월 1일 새벽에는 공원에 모여 첫 미사를 드린다. 성체를 받아 모실 전례 순서에 이르면 맞은편 산등성이가 환히 밝아온다. 저 빛은 우리 각자의 마음에 어떤 색깔로 스며드는 것일까. 사람이 만들어 놓은 시간 속에서 거듭되는 새해의 첫 태양은 어제와 다른, 오늘 하루만이 가질 수 있는 생명이다.

며칠을 감기로 고생을 했다. 기침이 멈추지 않아 목이 부어오르고 콧물은 쉬지 않고 흘러내려 휴지를 아예 대고 있어야 했다. 먹성 좋은 내가 식욕이 잃다니 정말 세상 살맛이 나질 않는다. 이번에 유행하는 감기로 벌써 사망한 이들이 이십여 명이 넘는다 한다. 면역력이 낮은 노약자들에게 정말 감기는 치명적인가 보다. 나도 병을 이기기에 젊지 않은 나이임을 아이들의 근심스런 눈빛에서 확인할 수 있었다.

오늘 아침 한 젊은이의 죽음을 전해 들었다. 묵은해를 보내는 마지막 날 떠났다. 사랑하는 사람들의 미음에 키다란 그리움을 남긴 채 홀로 갔다. 2년이 넘도록 희귀한 병을 앓으며 죽음과 싸워왔다. 날마다 대하는 죽음에 관한 신문기사가 변해가는 세상을 보도하며 채우는 분량보다 적지 않다. 수많은 사건 뒤에는 희생자가 있는 경우가 많다. 사람의 존재는 그처럼 무거운 가치를 지니고 있다. 내가 감기를 앓고 있던 그 시간도 죽음의 연습기간은 아니었을까. 다행히도 약과 휴식을 통해 회복하여 오늘을 숨 쉬고 있다.

하루를 어떻게 지냈는가. 잠자리에 들면서 스스로 묻곤 한다. 병고 속에서 목숨을 놓지 않으려 애쓰는 사람들에게 어느 것도 대신할 수 없는 소중한 오늘이다. 잠시 감기로 불편했던 며칠의 괴로움은 어느새 잊은 채 생각 없이 또 하루를 흘려버리는가 보다. 내 손이 필요한 곳, 내가 움직여 가야 할 곳이 너무 많은데 마냥 게으름만 피우고 있는 내 모습이 부끄럽다.

나처럼 혼자인 친구에게 전화했다. 어려움이 많지만 불평 없이 열심히 일한다. 마음은 평화롭다며 나를 안심시킨다. 그애와는 자주 얘기를 나눈다. 날마다 살아가기 위해 죽을힘을 다한다는 말이다. 죽는 연습이 되풀이되는 하루를 사는 연습으로 마무리한다.

'자살'을 다룬 시사프로그램을 보았다. 유가족들의 증언을 통해 스스로 목숨을 끊은 이유를 찾아본다. 하나같이 성실하고 좋은 이웃이었던 사람들이다. 가족에게도 더없이 따뜻하고 사랑받는 이들이었다. 겉으로 잘 사는 것처럼 보였지만 감추어진 외로움과 책임감이 드러나면서 유가족의 마음을 더욱 아프게 했다. 그들은 세상을 살아내는 일에 서툴렀던 듯했다. 사는 데에도 연습이 필요할 것이다. 잘 죽기 위해서 더욱 잘 살아야 하는 것이 아닐까.

새해의 시작에서 듣게 된 한 젊은이의 죽음과 죽을 만큼 괴로웠던 감기몸살이 나를 철들게 한다. 우물쭈물 적당한 삶의 태도는 안 된다고 일깨운다. 거룩하고 희생적인 본보기가 못 될지언정 계획표를 잘 만들어야겠다. 오늘을 사는 연습에 충실할 때 삶의 마감도 아름다울 것이다. 함께 살아가야 할 세상에 나왔으니 사람들과의 아름다운 소통을 통해 삶을 채워야 할 터이다. 새 마음으로 출발한다.

제 5 부

이제 그만

형광등

백열등의 불빛을 좋아한다. 밝지만 차가운 느낌을 주는 형광등
보다 따뜻하게 느껴지기 때문이다. 부엌이나 식탁에선 더욱 그렇
다. 음식의 색깔을 자연 그대로 보여 주기에 미각을 훨씬 더 자극
하는 듯하다.

아버지는 눈썰미가 좋았고 아이디어가 뛰어나며 게다가 웬만한
것은 손수 만드시는 재주꾼이셨다. 우리 형제들의 책상과 의자,
꽃밭의 찔레넝쿨 아치도 모두 아버지의 작품이었다. 아버지만큼
은 아니지만 나도 조금은 그 손재주를 이어받은 것 같다. 집안의
사소한 고장은 전문가를 부르기 전에 먼저 고쳐 보기를 시도해
보는 습관으로 보아서다. 가끔 잘못 건드려 문제를 크게 만들기도
한다. 여전히 내게 흥미 있는 일임엔 틀림없다. 쉽게 문제가 풀려
성공을 맛볼 때의 쾌감은 형용할 수 없을 만큼 신난다.

초등학교 여름방학 숙제는 으레 곤충채집과 식물채집이 많았

다. 어느 해인지는 폐품을 이용한 작품 만들기가 방학숙제였다. 아버지는 수명이 다된 형광등으로 무언가를 만드셨다.

기다란 형광 진구의 안쪽에 있는 하얀 칠을 말끔히 벗겨내신 후 며칠 동안 물을 부어 씻어 내셨다. 화학성분을 제거하시고 투명한 전구 속으로 수초와 예쁜 금붕어 두 마리를 넣어 주셨다. 긴 나무판을 대어 고정한 후 개학날 가지고 갈 때까지 마루기둥에 붙여 놓으시니 내 눈 높이에서 움직이는 물고기와 친구가 되었다.

요즈음 생산되는 형광등은 옛날의 것들과는 많이 다르다. 한국에서 처음 나온 형광등은 전기스위치를 올리면 꼬마전구가 깜박이기를 몇 번 반복한 후에야 기다란 형광등에 불이 켜졌다. 전구가 오래된 것일수록 좀 더 기다려야 했다. 흔히 감각이 느린 편인 사람들을 형광등이라고 칭한 것도 이런 이유다.

기다림의 여유가 점점 사라져 가는 시대에 살고 있다. 사람들은 즉석에서 모든 해답이 나오기 원한다. 스위치를 올림과 동시에 환한 불이 들어오는 요즈음의 형광등과 같이.

나도 모르는 새에 이런 삶에 익숙해져 감을 부인할 수 없다. 자칫 머뭇거리기라도 하다간 대열에서 뒤처져 패자가 될까 하는 불안함 때문일까. 남의 실수를 참아주지 못함과 내 생각을 거침없이 뱉어내는 무례도 거리낌 없음이 새삼 부끄럽다.

침대에 누워 리모컨의 스위치를 눌러본다. 반사적으로 켜지는 불빛은 참으로 편리함을 주지만 왠지 따뜻함은 느낄 수 없다. 잠깐 머릿속에, 가슴에 새겨 본 다음 반응해도 그리 늦지 않을 것을.

옛날 꼬마전구의 깜박임이 여유와 지혜로움으로 다가온다. 형광등이라 불려도 그리 섭섭할 것 같지 않다.

Lost and Found

손자 녀석이 도시락 가방을 잃어버렸다. 학교급식을 별로 좋아하지 않아 점심을 챙겨준다. 도시락을 싸는 일이 그냥 집에서 마련하는 식사와 달라 쉽지 않다. 한국인과 백인이 반반 섞인 아이에게 때론 양식으로, 가끔은 간단한 한식으로 점심을 준비한다.

학교사무실 벽엔 큰옷걸이와 선반이 놓여 있다. 학생들이 잃어버린 옷가지와 물품들을 진열해 놓고 본인이 찾아가도록 한다. 엄청나게 많은 분실물이 주인을 기다리고 있다. 모두가 한때 누구에겐가 아주 귀하게 쓰였다는 것을 생각하니 버려져 있는 그것들에게 미안한 마음이다. 나도 그 중에서 손자의 작은 손가방을 찾아왔다.

다섯 살 때쯤 가을로 기억한다. 엄마는 정릉의 어느 농가로 한해 동안 쓸 고추를 사러 가신 것 같다. 마당 가득 산처럼 쌓인 배추로 김치를 담그던 때였으니 많은 고춧가루가 필요했을 것이다. 물을 마시기 위해 엄마 곁을 떠난 후 되돌아가는 길을 잃고 말았다. 어렴풋한 머릿속 풍경에서 오렌지 색깔의 코르덴바지를 입은 나는 울고 있었고 주변엔 논과 밭뿐이었다. 얼마만큼인지 그저 걷고 있던 내 앞 저 멀리 엄마의 모습이 보였다. 한복치마를 들어 올린 채 뛰어 오시더니 나를 끌어안고 펑펑 우셨다. 꾀죄죄한 얼굴을 길가 논의 물로 닦아주셨다. 내 머릿속 가장 오래된 기억으로 남아 있다.

얼마 전 자동차 속에 든 물건을 잃어 버렸다. 분명히 잠갔다고 생각했는데 알람도 울리지 않은 것을 보니 내 실수였던 것 같다. 새로 산 내비게이션과 열쇠꾸러미, 약간의 귀중품을 가져갔다. 잃어버린 물건도 아까웠지만 내 차 속에 다른 사람의 손이 닿았다는 사실이 언짢았다. 차까지 끌고 가지 않은 것만으로 감사해야 했다.

내 순발력과 인지력도 서서히 잃어져 가는 게 슬프다. 태어날 때 주어진 건강한 정신도 나이가 들면서 흐려져 감을 어쩔 수 없는가 보다.

부모님과 남편의 고향은 황해도다. 그들 모두 세상을 떠나는 순간까지 고향과 가족을 그리워했다. 지금처럼 북한을 방문할 수 있는 때가 오리라는 것을 알지 못한 채 평생토록 아파했다. 이산가족 찾기에서도 만나지 못한 아쉬움을 견뎌야 했다. 천상에서라도 해후할 수 있을까.

이민자인 우리도 고향을 잃었다. 새로운 땅에 익숙해져 살아가지만, 마음 한 편에 늘 자리 잡고 있는 그리움이다.

무언가를 잃어버린다는 것은 슬픈 일이다. 아주 소중하고 특별한 이야기를 담은 것이라면 그 아픔은 더욱 견디기 힘들다. 나도 사랑했던 사람들을 잃었다. 첫아기를 잃었고, 부모님도 돌아가셨고, 남편도 떠났다.

가끔 강아지나 고양이를 애타게 찾는 전단을 본다. 사랑으로 함께했던 그 시간 때문에 안타까움이 더할 것이다. 잃어버린 물건은 분실물보관소에 가면 찾을 수 있지만 한번 떠나보낸 이들은 세상 어디에서도 만날 수 없으니 가슴이 아려온다. 언젠가는 나도 사랑하는 이들에게서 잃어버려지는 날이 올 것이다.

잃어버림과 되찾음은 계속 이어진다. 한 세대가 지나가면서 새로운 생명이 잉태되고 성장하고 또 시간이 흐르면 그들도 떠날 때에 이른다. 젊은 날의 희망과 정열도 내게서 사라진 듯하지만 더 늦기 전에 작은 부분이라도 되찾는 노력이 필요하다. 움직이는 시간 속에서 어떤 자국을 남길 것인가. 사람은 떠나도 그 기억은 오랫동안 그리운 이들에게 남겨지는 것. 내가 새겨 놓은 삶의 조각이 사랑하는 이들에게 언제 떠올려도 행복한 그런 것이라면 좋겠다. 내 마음을 다하여 살아갈 것을 다짐한다.

외로운 빗물

사막에서 비를 만났다. 그냥 주룩주룩 내리는 물줄기가 아니라 쏟아 붓는 듯한 소나기였다. 여행사 직원은 3년 가이드 생활에서 처음이라며 놀라워했다. 학교에서 배운 대로라면 사막은 가도가도 끝없는 모래벌판과 뜨거운 태양이 내리 쬐어야 한다. 낙타가 생각나고 아라비안 대상이 그려지기도 한다. 사막에서 물을 만난다는 것은 새로운 생명을 부여받는 신성한 의식일 수도 있다.

미사 전례를 맡고 있어 주일을 빠진다는 것이 쉽지 않다. 모처럼 주중을 이용한 2박3일의 짧은 여행으로 지구상에서 가장 기(氣)의 흐름이 왕성하다는 '세도나'에 다녀왔다.

조금씩 비가 흩뿌리는 월요일 이른 아침 버스가 출발했다. 참으로 오랜만에 관광회사를 이용한 여행이다. 지금까지 웬만한 곳은 자동차로 운전하며 다니기를 좋아했다. 짜여진 일정에 따라 움직여야 하는 관광보다 여유롭게 이곳저곳을 살펴볼 수 있는 재미가 더한 때문이다.

55인승의 커다란 버스는 편안하였다. 달리는 차에 몸을 맡기고 차창에 스치는 풍광을 눈에 들어오는 대로 즐길 수 있어 좋다. 엘에이를 벗어나면서 가이드는 자신의 의무를 이행하느라 쉬지 않고 무언가를 얘기한다. 내겐 별로 흥미가 없는 내용 같기에 아예 귀를 막고 내 안의 세계로 빠져든다.

계절의 변화는 어길 수가 없나 보다. 가을이 온 세상에 얼룩자락을 깔아 놓았다. 아직 나뭇잎이 간간히 푸른 기운을 띠고 있긴 하지만 그것은 봄날의 여린 초록이거나 속으로부터 뿜어 오를 것 같은 여름날의 푸르름과는 많이 달랐다. 내달음 치던 시간을 뒤로 하고 지켜온 날들을 채색하는 단아함이 느껴진다. 내 삶도 이쯤 가을 언저리에 자리하고 있는 걸까.

남한 면적의 반이 넘는 광대한 모하비사막을 지난다. 곳곳에 바람이 만들어 놓은 모래 언덕들, 그 안에서 끈질긴 생명으로 자라는 사막의 풀들이 황폐한 내 마음 속 희망과 겹쳐지며 오묘한 형상으로 다가온다.

한참 달려 작은 도시를 만났다. 그 옛날 위용을 자랑하던 콜로라도 강의 모천을 끼고 생겨난 작은 위락도시인 라플린이다. 미국 최대의 인공호수인 후버댐이 만들어지기 전까지만 해도 콜로라도 강은 물살이 매우 거세고 수량도 많아 주변에 큰 피해를 주었다. 우리가 흥얼거리며 부르던 '콜로라도의 달 밝은 밤'처럼 낭만과는 거리가 먼 강이었다. 이제는 사람에 의해 고분고분하게 통제되어 가느다란 물줄기만을 흘려보내고 있었다.

세도나가 눈앞에 보인다. 해발 4,500피트 높이에 위치한 온갖 붉은색의 기이한 형상의 사암들, 지구에서 가장 오래된 바위가 있고 많은 명상가와 예술인이 찾는 곳이다. 그냥 바라다봄만으로도 마음이 차분해짐에 관광객 중 누구 하나도 감히 시끄러울 수 없는 엄숙함을 유지한다.

꼭대기에 위치한 홀리크로스 성당에서 무릎을 꿇었다. 촛불을 붙여 모든 영혼을 봉헌한다. 나와 손잡았던 인연들을 하나하나 기억하며 떠난 이들에겐 영혼의 안식을, 남은 이들을 위해서는 평화를 기도했다.

돌아오는 사막에도 비가 내렸다. 도시의 빗물과는 느낌이 달랐다. 포장된 도로 위에 부딪혀 수로를 따라 흘러드는 물줄기가 아닌 소리조차 내지 않고 주어진 자리에 그대로 젖어드는 순응이랄까. 욕심도 경쟁심도 보이지 않았다.

사막과 같은 광야의 삶, 이것이 내가 걸어야 할 길임을 다시 깨닫는 여행이다. 한낮의 뜨거움과 모진 밤바람을 매일처럼 겪으며 암석은 부서져 모래알로 남는다. 우리의 생애도 굽히지 않고 꺾일 줄 모르던 젊은 날들을 지나 모래처럼 부드러워지고 어느새 바람에 몸을 맡긴다. 알 수 없는 저 영원으로부터 찾아와 머물다 어느 날엔 희미한 자국만 남긴 채 사라진다. 살아있는 이들에게는 곧 잊혀지고 말 존재일 뿐. 쓸쓸함이 느껴지는 마른 땅에 비가 스미고 나면 다시 사막은 드러날 것이다. 어쩌다 적셔주는 비마저 없었다면 우리는 무엇을 기대하며 살 수 있었을까. 그 비를 기다린다.

이제 그만

어릴 적엔 이사하는 사람이 너무 부러웠다. 며칠간 결석한 친구에게 물으면 다른 집으로 옮겼다. 나는 매일 같은 집에서만 살고 있는데 새로운 곳에서 살아보는 일이 얼마나 재미있을까 하는 마음이었다. 지금 생각하니 그 시절엔 셋방을 살아야 하는 사람이 많았다. 그나마 우리 부모님은 황해도에서 서울로 오신 후 돈암동에 작은 한옥 하나를 장만하신 덕에 우리 가족은 한 곳에 정착하여 살 수 있었다.

대학 1학년 가을, 엄마는 세상을 떠나셨고 이듬해에 아버지는 이사하셨다. 태어나 처음으로 집을 옮겼다. 당시 서울 외곽엔 개발 붐이 일던 터라 새집 건축이 한창이었다. 시내에서 좀 멀긴 했어도 지금까지 살던 한옥이 아니라 현대적인 외양과 입식 부엌을 갖춘 예쁜 집에서 엄마 없는 새 삶이 이어졌다.

누구는 내게 역마살이 있다고 말한다. 결혼한 후부터 나는 셀 수 없이 이삿짐을 꾸리곤 했다. 단칸방 전세에서 시작한 신혼은 일 년이 지나 방 두 개의 전세로, 또 한 해가 지나며 아기가 태어나자 방 세 개가 있는 전셋집으로 옮겼다. 열심히 노력하여 처음으로 마련한 우리 집에서 한참동안 이삿짐을 싸지 않아도 될 안도감을 누릴 무렵 남편의 뉴욕지사 근무발령이 떨어졌다.

이번엔 동네를 옮기는 것이 아니라 바다를 건너갈 짐을 싸야하는 터, 이사의 형태도 예전과 달랐다. 무작정 생활도구를 다 실어갈 수도 없어 많은 살림을 정리하고 버려야 했다. 다시 뉴욕에서 엘에이로 이동발령을 받고 또 보따리를 쌌다. 이쯤 되니 난 어려서 그리도 부러워했던 이사가 무섭기까지 했다.

거기서 끝이 아니었다. 귀국명령에 따라 미국의 짐을 한국으로 옮겼다. 유치원에 다니던 큰아이는 제 나라의 말도 글도 잘 몰라 매일 울고 돌아왔다. 이사를 함으로써 자리가 바뀐 것은 단지 생활터전과 물건들만이 아니었다. 아이의 머릿속 생각과 교육, 한국의 생활양식을 새로이 정립해 주어야 하는 커다란 과제를 내어놓았다. 남편의 3년여의 미국 주재원 시절 동안 나의 사고도 모르는 사이에 많이 바뀐 듯하였다. 무언가 한국 사회의 개념들이 다르게 느껴졌고 상식이 통하지 않는다는 생각을 자주 했다. 시간의 간격은 있었지만, 교직에 복귀하고자 시도했을 때 너무도 큰 벽이 가로막혀 있음을 알게 되었다.

다시 짐을 쌌다. 남편은 직장을 정리하고 일찍이 미국에 온 언니의 초청으로 이민 수속에 들어갔다. 남편 역시 주재원 근무 후 돌아간 자리가 그리 쉽지 않았던 모양이었다. 그즈음 아이는 빠르게 한국학교에 적응하고 있는 것이 아깝긴 했지만 잘 익힌 한국말과 글을 지켜 주리라 마음먹었다. 마흔의 나이가 된 큰딸은 지금도 한국말을 말하고 읽기에 부족함이 없으니 대성공이다.

엘에이에 자리를 잡고 이사를 한 숫자도 만만치 않다. 처음 일 년은 2베드룸 아파트에서 시작한 이민의 삶이었다. 3년째 되던 해에 미국에서 내 집 마련의 꿈을 이뤘다. 그 날, 나는 외쳤다. 이 집에서 죽겠노라고. 다시는 이삿짐을 싸지 않겠노라고.

내 결심은 얼마나 쉽게 무너졌는지. 30년이 넘는 이민생활 동안 다섯 번의 이사를 했다. 그래도 젊은 날에 비하면 양호한 비율이다. 비교적 가까운 범위에서 행해진 이사였다. 가정 안에서 많은 일이 생겨날 때마다 아이들이 받을 변화의 영향을 줄이려 노력했다. 끔찍했던 노스리지 지진을 겪고서도 지금까지 밸리 지역을 떠나지 못하는 이유다. 이곳에서 따뜻한 사람들을 많이 만난 것도 큰 축복이다.

이젠 정말 마지막일까. 나는 지금 이삿짐을 싼다. 사위의 갑작스러운 사망으로 혼자가 된 딸아이와 지난 8년을 함께 살았다. 이 가을, 딸이 재혼을 준비한다. 손자도 중학생이 될 만큼 자랐으니 돌보아야 할 내 몫도 줄어들었다. 이제 나 혼자만의 남은 삶을 위해 새 터를 마련했다. 나이가 들면서 행동반경도 줄어들고 사회활동의 기회도 뜸해진다. 분주했던 지난 삶 속에서 지녔던 많은 소유물과 상념들을 없애고 지워야할 때인 것 같다.

이사를 하는 일이 단순한 생활터전의 변화만은 아닌 듯하다. 오랫동안 익숙했던 생각까지도 함께 이동하는 탈출의 개념도 있는가 보다. 싱글 맘으로 살아가는 아이를 볼 때마다 애탔던 마음으로부터 새로운 배필을 맞아 행복해할 모습을 그리며 감사의 기도로 바뀐다.

난 이제 다시 길 떠나지 않기를 소망한다. 어느 날 완전한 자유로움으로 저 높은 곳을 향해 날아오를 때까지 이 자리에 머물고 싶다.

저녁에 우는 새

옛 병이 도졌나 보다. 우울한 생각으로 말하기도 싫고 누구와 만나는 일도 귀찮다. 남편이 세상을 떠난 후 3년쯤 되었을 때였나. 난 조금씩 혼자의 삶에 익숙해가는 듯했고 비교적 평온한 마음을 유지하고 있었다. 어느 순간, 세상을 사는 일이 힘겹게 느껴지자 곧 이어드는 생각은 '죽음'이었다. 시간이 흘러가며 옅어질 것으로 믿었던 남편에 대한 그리움이 오히려 더욱 진한 색깔로 스며들고 있었다. 밤을 꼬박 새우는 날이 많아 의식은 몽롱한데 본능적 욕구만이 깨어있어 먹는 것을 주체하지 못했다. 체중은 늘고 움직이는 일은 점점 줄어 몸의 상태는 그야말로 최악이었다. 그것에서 벗어나 지내온 시간이 꽤 흘렀는데 새롭게 찾아든 어둠이 나를 힘들게 한다.

우리나라 사람들은 돌아가신 분의 3년상을 치르며 위패와 남은 기억을 모두 태운다. 앞마당 불길 속에서 할아버지의 탈상을 보며 경험한 이상했던 감정은 여섯 살 때의 일이었다. 어린 나이였지만 할아버지가 영영 사라지는 느낌이라서 많이 울었다. 유난히 나를 사랑하셨다는 그분을 다시 만날 수 없음을 알았던 모양이다. 아마도 영혼이 새로운 세계에 안착하는 시기를 3년 후쯤으로 생각한 것일까. 나 역시 그만큼의 시간이 흐르면 그를 떠나보낼 수 있을 것이라 믿어왔다.

요즘 통 잠을 이루지 못한다. 창밖의 새벽달이 보일 무렵까지 전혀 취침하지 못한 채 딸의 집으로 달려가 손자의 등교를 서두른다. 아직은 내가 맡아서 해야 할 일들이 남아 있는데 왜 이리 의욕이 없을까. 수년 전 의사와 상담하고 처방 받았던 약을 다시 꺼내본다. 내가 의존할 대상은 누구인가, 무엇인가.

집안에 머무르는 시간이 많아지면서 생활의 패턴이 갈피를 잡지 못하는 상황이다. 꼭 해야 할 일마저도 나와 상관이 없는 양 버려져 있어 주변이 어수선하기가 마음속과 다르지 않다.

한 달 전에 아주 작은 시골집으로 이사했다. 엄청나게 큰 땅에 자리한 오두막집, 그러나 내가 혼자 살기엔 부족함이 없다. 옆집과의 거리는 멀지만 가끔 말의 울음소리가 들리고, 아침 닭의 홰소리가 우렁차다.

도시에서 태어나 성장한 관계로 자연의 운치를 잘 느끼지 못했다. 실제로 한국의 시골길에서 파란 보리밭이 잔디인 줄 알고 사뿐사뿐 걷다가 세상에서 가장 험한 욕을 들었던 부끄러운 기억도 있다.

요즈음엔 부지런한 새들의 아침노래를 듣는다. 몇몇 나무에 먹이통을 매달아 주었더니 많은 친구가 모여든다.

때로는 얼마나 먼 길을 날아왔을까, 갈매기도 내려 앉아 있다. 큰 새에게는 시원치 않은 먹이인 줄을 알기에 좀 더 실한 음식을 놓아주면 어느새 낚아채는 모습이 가히 투쟁을 벌인 후의 승리다.

조그만 식탁에 자리하고 창밖을 보면 넓은 마당이 한눈에 들어온다. 말끔히 정리되어 있지 않은 것이 오히려 자유로운 느낌을 전해준다. 오렌지 나무로 가득했던 땅에 60년이 넘도록 늙어버려 마른 가지가 누런빛으로 세월을 낚고 있다. 굳이 꺾어 버릴 이유도 없어 그대로 매달려 있는 모습을 보며 상념에 젖는다. 비록 많은 오렌지가 열리지 않았어도 내 나이만큼의 시간을 버텨낸 나무가 고맙고 사랑스럽다. 몸의 한 쪽은 전혀 쓸모없는 부분이 되었지만 여전히 한 나무로 떳떳하게 서있다. 그렇다, 여태껏 온 몸과 마음을 다해 살아온 내 삶의 시간이다. 어느 한 곳이 닳아 없어져 제 기능을 다할 수 없다 하더라도 여전히 내 것이다. 다른 사람은 모르지, 나만의 소중한 기억인 것을.

나뭇가지 사이에서 시끄럽게 울어대는 새는 짝을 부르는 것이라 들었다. 아마도 아침 일찍 제 짝을 찾아야 그 하루를 즐겁게 지낼 수 있기 때문일까. 내 안에서 들려오는 소리는 오늘 하루를 어디로 인도하려나. 차라리 하루의 끝말에 우는 새가 되고 싶다.

화려한 하루를 지내지 못한다 해도 마음에 깃든 혼자만의 노래를 부르리라. 삶의 저녁시간을 언제 맞게 될는지 알 수 없지만, 매일의 저녁을 노래하겠다. 다시 새 아침을 맞는다.

용서

이젠 더는 화가 나질 않는다. 속에서 분노가 끓어오르고 그 한 가지 생각에만 사로잡혀 있어야 했던 예전의 나와는 전혀 다른 모습이다. 모르는 일에 관련되어 억울한 소문에 똑같이 휘말리는 상황에서는 정말 참지 못하는 성격이었다. 오랫동안 직장생활을 하며, 교회 안에서, 사회활동의 단체 속에서 다양한 모습의 사람들을 만나며 여러 가지 일을 경험했다.

지난봄, 멕시코의 과따루뻬 성지를 다녀왔다. 성모님의 발현지로 알려져 많은 신자들의 순례가 이어지는 곳이다. 매일 미사를 드렸다. 어느 아침 그날의 성서 말씀이 '용서'에 관한 내용이라서 신부님께서는 아직 마음속에 화가 풀리지 않은 대상이 있는지를 묵상하게 하셨다. 꽤 오랜 시간을 침묵 속에 있었지만 떠오르는 사람이 없었다. 함께 있는 주변 사람들을 돌아봐도 밉게 보이는 이가 없다. 전에는 여행지에서 같은 그룹 중 맘에 들지 않는 사람을 보면 못마땅하여 화가 나곤 했다.

　오랫동안 내 삶을 지배했던 미움이 있었다. 나를 세상에 내신 아버지, 그를 마음에서 놓지 못해 괴로워했다. 세상을 떠나신 지 15년이 지났지만 살아계신 동안 용서를 빌지 못한 아픔이 나를 힘들게 한다.

　엄마와 사별 후 아버지는 아주 젊은 여자와 재혼하셨다. 그런 아버지가 아니었는데. 아직 대학도 졸업하지 않은 막내딸을 내칠 만큼 모진 성격을 지닌 분이 못되었다. 최소한 엄마가 병환 중에 있을 때 곁에서 온 힘으로 간호하던 아버지는 그런 사람이 결코 아니었다. 상식을 벗어난 일은 오래 가지 못하듯 아버지의 새 삶은 상처만 남기고 짧게 끝이 났다. 돌아온 것은 짐뿐이었다. 재산도, 몸도, 다 망가진 아버지와 25년 동안 함께 살아야 했던 내게 그보다 더한 십자가는 없었다.

　남편은 나의 그런 환경을 받아들여 결혼했고 그는 약속대로 장인을 모시고 살았다. 아버지는 자신의 잘못을 속죄라도 하듯 우리 부부와 아이들에게 더욱 큰 도움을 주시려 늘 노력하셨다. 덕분에 우리 아이들은 한 번도 남의 손에 맡겨진 일이 없었고 할아버지의 사랑을 흠뻑 받으며 따뜻한 아이들로 자라났다. 지금도 한국어를 유창하게 말할 뿐만 아니라 존댓말 사용도 정확하다. 그런 중에도 나는 끝없이 아버지를 경멸했고 이중적인 인격이라 몰아붙였다. 진심으로 섬기지 않았고 때론 무시하기까지 했다. 아버지로부터 받은 아픔을 삭이지 못하고 아버지를 차갑게 대하곤 했다.

얼마나 모질고 아픈 시간이었나. 고난이라 생각했던 많은 일이 은총으로 받아들여진 것은 정말로 한참 후의 일이었다. 아버지로 인해 내가 받은 고통보다는 축복이 훨씬 컸음을 이제야 절실하게 깨닫는다. 어리석음을 애통해 해도 아버지는 내 곁에 계시지 않으니 손잡고 사과의 말씀을 드릴 길이 없다.

살아보니 별것 아닌 것에 예민했다. 있을 수 있는 일, 그럴 수 있는 일이라 생각하면 될 것을 양보하지 못했고 받아들일 수 없었음이다. 아마도 이런 생각조차도 지금의 나이가 되었기에 할 수 있으리라. 짧게 스쳐간 미움과 원망의 대상들은 또 얼마나 많았으랴. 이 순간 용서하지 못한 사람이 떠오르지 않음을 감사한다. 내 생애의 끝날까지 무거운 마음을 지니지 않고 살아갈 수 있기에. 아버지, 저의 잘못을 용서해 주십시오.

감꽃 우정

　토요일의 아침은 한가롭다. 이른 시간 벨소리에 문을 여니 감나무 한 그루가 배달되어 왔다. 그 날은 나의 쉰일곱 살 생일이었다. 성당에서 만난 동갑내기 친구가 보낸 것이다. 언젠가 그녀와 얘기를 나누던 중 먼저 살던 집에서 감나무 열매를 못 맺은 것이 안타까웠다는 말을 흘렸던 기억이 떠올랐다. '감나무'라고 들었으니 그런가보다 하였지 잎사귀 하나 없는 민 가지뿐이었다. 여름이 되어야 잎이 난다나.

　이 집으로 이사 온 뒤 가장 힘들었던 것이 마당 가꾸기였다. 날씨의 변화에 따라 꽃씨도 뿌리고 나무도 심으려는데 땅이 척박하기가 이를 데 없어 지난 일 년 동안은 흙에다 온 정성을 쏟았다.

　나는 과일나무 심기를 좋아한다. 꽃을 피울 때엔 그윽한 향기로 미소 짓게 하고, 여름 태양 아래 푸른 잎 가지는 쉼 그늘이 되어주고, 단내 품은 열매는 보는 이들의 마음마저 부유케 하는 듯하다.

나이 오십 중반을 넘기고 만난 친구, 실은 그녀와 얘기를 처음 나눈 것이 채 일 년도 되지 않았다. 남편이 유태인이어서 오랫동안 한국인들과의 교류가 없었고 더욱이 여러 해를 신앙생활에서 떠나 있었단다. 그러던 중 마음의 움직임이 있어 성탄 즈음에 집에서 가까운 우리 성당을 찾게 되었다. 친교 시간 중 우연히 한 테이블에 마주 앉았던 어느 날 이후 우리는 서로가 삶의 목마름을 달래주는 역할에 익숙하게 되었다.

지금껏 살아오면서 수없는 사람들과 마주쳤다. 때론 한국에서라면 만나지 않았을 이들마저 상대해야 했었다. 그중엔 세상적인 인연으로만 이어지고 있는 부류가 있는가 하면 소중하게 마음을 나눌 수 있는 동지도 있다. 얼마나 귀한 만남인가. 비슷한 사고와 행동양식을 바탕으로 우리는 끝까지 아름답게 불려지고픈 이름이 되려 노력한다. 세월의 그늘 속에서 고단했던 삶의 부스러기들을 추스르고 바로 세우며 서로를 격려하고 일깨운다.

늦가을 잎사귀 다 떨군 가지에 주렁주렁 매달릴 황금열매를 꿈꾸며 감나무를 심었다. 구덩이를 파다 보니 주변 나무의 잔뿌리들이 땅속 깊이 엉켜있다. 간간히 크고 작은 돌들도 끼어있다. 마치 나의 삶 속에 가려져 있는 온갖 고뇌와 슬픔들, 아름다운 추억같이 보이진 않아도 나를 지탱해 주고 있는 영양분처럼 제자리를 충실히 지키고 있다. 이 모든 것들이 어우러져 나의 하루를 끌어간다고 생각하니 짧은 순간도 결코 헛되이 흘릴 수가 없겠다. 오늘도 열심히 살아야지.

정성껏 친구의 사랑도 함께 심었다. 땅속에서 깊이 뿌리 내리고 햇빛과 비를 흠뻑 머금어 잘 자라기를 소원하였다. 다음 해, 또 그 다음, 언젠가 가지가 휘어져 내릴 만큼 풍성한 감 열매 아래서 친구와 마주보며 지난 얘기, 가슴 저미던 슬픈 기억들도 나누어 보리라.

삶의 저녁 무렵에 이르렀다. 이제 저 영원한 새벽을 맞을 때까지 그리운 마음 한 자락 접으며 그래도 못 다한 말들을 새겨보아야겠다.

오늘따라 쏟아져 내리는 햇살이 어머니 손길처럼 따사롭다.

알고 싶어

사건들로 가득하다. 신문을 펴면 주먹만 한 글씨로 새겨진 오늘의 제일 큰 뉴스의 제목이 눈길을 끌어당긴다. 사건개요에 대한 설명이 전개된다. 학교에서 배운 그대로 육하(六何)원칙을 따른다. 그중에서 내가 관심이 있는 것은 바로 '왜(Why)'이다. 모든 일에는 원인이 있어 결과를 만들게 되고 반드시 그 이유를 품고 있기 때문이다.

어려서부터 호기심이 많은 편이었다. 요즈음 부모들은 자라나는 아이들의 질문에 대해 정성껏 대답해 주어야 한다는 것을 잘 알고 있다. 그만큼 부모들의 교육수준도 높아졌고 육아에 대한 개념이 달라졌다.

나는 번번이 질문한 것에 대해 면박을 당했고 때론 별난 아이라는 취급을 받기도 했다. 정말로 알고 싶은데 그 답을 어디서 들어야 하는지 몰라 가슴을 치기도 했다.

책을 읽었다. 책 속에서도 궁금한 것이 너무 많았다. 대답을 알아낼 방법을 터득하기 위해 애쓰던 중 '백과사전'이라는 엄청난 보물을 발견하였다. 어떤 질문을 내어도 척척박사인 것이 너무도 흐뭇했기에 틈만 나면 아무 페이지나 펼쳐 빠져들곤 했다. 그 안에서 내가 알고 싶은 것은 물론 전혀 기대하지 않았던 많은 얘기를 들을 수 있었다.

삶을 통해서도 답을 얻을 수 있다. 가족에게서 또는 이웃과의 만남 속에서 우리는 따뜻함을 배우고 왜 사랑해야 하는지를 깨닫는다. 기록해 놓은 많은 인류의 생활역사를 통해 사람이 가야 할 참된 길을 알려 주지 않는가. 시행착오도, 때로는 승리의 진실도 우리의 앞길을 인도해 주는 기준이 된다. 시대가 바뀌고 환경이 변해도 긍정적인 삶을 추구하는 인간의 본성은 크게 달라지지 않는 듯하다.

가림이 없는 시대다. 개인의 정보가 모두 드러나고 내 움직임이 숨김없이 감지되는 세상이다. 알고 싶은 문제를 풀기 위해서는 책을 펼칠 필요도, 누구에게 질문을 던질 이유도 없다. 그냥 컴퓨터의 자판 위에서의 작은 손가락 놀림 하나면 즉시 눈앞에 답이 뜬다. 기다림의 두근거림은 잊은 지 오래다. 오히려 시간이 지체되면 견디지 못하는 지금을 사는 우리의 모습이다.

아직 찾지 못한 답이 있다. 내가 이 세상에 왜 온 걸까. 마음 깊은 저곳에서 들리는 끝없는 질문이다. 어째서 지금 나는 여기에서 있는가. 무엇으로 끌어 어디로 가야 하는지, 어떤 마음가짐이 필요한 것인지. 백과사전에도 나와 있지 않고 아무리 컴퓨터를 헤집고 찾아도 알아 낼 수 없는 정답은 무엇인가.

절대자에게 묻는다. 나를 창조하신 주인은 무언가 목적을 가지고 계실 테다. 나 자신만이 들을 수 있나 보다. 가장 고요하게 정신을 가다듬고 아주 작은 소리를 알아차려야 한다. 어찌 살아가야 하는가를 내면의 갈피 속에 기억하고 움직여야 한다. 매일 새로운 하루 또 하루씩 계속되어 가다가 멈추는 그 날까지. 난 그 답이 궁금하다.

손자와 함께 춤을

Tom은 세상에 하나뿐인 내 손자다. 내겐 두 딸이 있지만 서른 중반이 되어가는 막내는 도통 결혼할 생각을 하지 않으니 당분간 다른 손주를 기대하긴 힘들 것 같다. 게다가 사위는 6년 전 교통사고로 이 세상을 떠났기에 Tom은 친가뿐 아니라 내게도 지극한 존재다.

남자아이들은 딸들과 크게 다르다. 여자아이만 키워본 나는 그 다름에 많이 놀란다. 활동범위가 넓고 계속 움직인다. 어려서부터 여자아이와는 전혀 다른 데에 관심을 갖는다. Tom은 아기 때부터 무언가 손으로 움직여 모양이 바뀌는 것에 흥미를 보이는듯 했다. 지금 그토록 Lego를 즐기는 것이 결코 낯선 일은 아니다.

우리 집엔 TV 채널이 없다. 가로막힌 산줄기 덕에 케이블이 아니면 전혀 방송이 나오질 않는다. 자연스럽게 TV 시청의 기회가 없으니 손자 녀석은 다른 아이들처럼 만화영화를 보기 위해 소파에 부동자세로 앉아 있지 않는다.

내가 두 딸을 키울 때도 그랬다. 우리 거실엔 TV가 없었고 오직 할아버지 방에 연속극 Video를 위한 것이었다. 어쩌다 새로운 만화영화를 보려면 아이들은 그 시간 할아버지와 함께였다.

텔레비전을 '바보상자'라고 혹독한 평을 하는 이도 있지만 실로 아이들 성장에 큰 도움이 되지 않는 것은 분명하다. 자기 혼자만의 꿈 대신 모든 것을 다 보여주는 탓이다. 상상의 세계를 그릴 여유가 없다. TV와 멀리하면 아이들은 책을 읽고 뛰어놀며 가족과 어울리는 시간을 많아지게 된다. 튼튼한 몸과 예쁜 마음이 책을 통해 자라날 수 있기 때문이다.

Tom은 책벌레다. 어릴 적 제 어미가 하던 그대로 책을 붙들면 그 속에 빠져 아무것도 듣지 못한다. 잠잘 시간마다 읽던 책의 뒷얘기가 궁금해 손에서 내려놓지 못하는 아이와 엄마는 서로 씨름을 한다. 난 그런 손자의 머리와 생각이 쉴 수 있도록 매일 밤 '등 긁어주기'로 잠들기를 도와준다.

내 차의 뒷좌석엔 항상 서너 권의 책이 놓여 있다. 언제라도 읽을 수 있도록 손자 녀석이 준비를 해놓는다. 가끔 책을 사주기도 하지만 한번에 20권씩이나 빌려주는 도서관을 이용하느라 엄마와 할머니는 수시로 책 반납과 대여를 챙겨야 한다. 3학년이 되어 전반 5개월 동안 Tom은 82권의 책을 읽었다. 그 단어수의 누계가 5백50만에 달한다. 실제로 한 검사에서 손자는 11학년의 독서 수준으로 평가되었다.

Lego는 Tom 생활의 일부다. 세 살쯤부터 간단한 조립에 흥미를 보이던 것이 block 쌓기를 넘어 수없는 물체를 만들어 낸다. 우리 집의 방 하나는 온전히 Lego 박물관이 되었다. 이젠 Age18+ Box를 산다. 보통 2000 piece이상 되는 대작들이다. 한 번 시작하면 다섯 시간쯤은 꼼짝하지 않고 조립하는 데에 집중한다. 시간 절약을 위해 조각을 찾아 대령하는 일은 할머니의 몫이다. 완성한 다음의 그 성취감을 나도 함께 맛볼 수 있다. 어른이 되면 'Legoland'에서 일하고 싶다는 희망이란다. 옛 아이들처럼 '대통령' 또는 '장군'이 꿈이라 대답하지 않는다 해서 서운한 마음도 물론 아니다. 어떤 일이든 자기가 행복해하며 할 수 있다면 기쁜 삶이 될 테니까.

Tom은 이제 틴에이저를 지나 점점 어른이 될 것이다. 내가 언제까지 지켜 볼 수 있을는지는 모르겠지만, 그저 지금처럼 건강하고 바르게 커주기를 기도한다. 사내 녀석이라서 할머니에게도 데면데면 하지만 "I love you, Tom."이라 말하는 내게 "Me too, halmoney."라 받아줄 때면 온 세상을 얻는 듯하다. 누가 알리오, 혹시라도 내가 오래 살아 그 아이가 장가드는 날에 신랑 손을 맞잡고 춤출 수 있을 기회가 오려는지.

제6부

The Echo
of Time

The Echo of Time

I remember the sounds of the bells tolling in the distance.

On a hill near the town I lived as a child stood a Protestant church, and just beyond that a Catholic chapel. Right about the time the sun ambled along to the other side of the mountains, two different church bells would ring out. The high, clear notes from the Protestant church and the long, echoing tones of the Catholic chapel embraced the weary day and laid it to rest. Children who had lost track of time jumping rope in the streets scattered to the voices of their mothers summoning them home for dinner.

The bells also rang early in the morning. They must

have rang just a bit louder and spread just a bit farther, announcing the start of a new day to the slumbering masses. My mother attended early morning mass every day. What did she pray for? I imagine she was asking for health and happiness for her family with the pleading heart of a mother, imploring God to provide for the precious daughters she had brought into the world. Just barely surviving under the persistent worries of daily life, my mom lived her entire life without the luxury of pondering the meaning of her life or seeking joy for herself. I hope she is peaceful in heaven, now.

I turned 60 this year. Unexpectedly, my daughters announced that they would throw me a party. They encouraged me to invite everyone I wanted to celebrate with. So, who would these people be? I put a lot of thought into it. In a way, this would be the hallmark of all the significant relationships I had built to-date. I have met a lot of people in my life. I thought only of the genuine people to whom I could open my heart. Just knowing someone for a long time doesn't make the relationship intimate. Some relationships are maintained for social decorum, while others are based on a mutual give and take. I tried to handpick friends I would be delighted to run into anywhere, at any time. Those are the true lifelong friends, the ones who could look past my weaknesses.

We booked a private room at a hilltop restaurant. They ordered flowers and balloons for decoration and they even dug up my childhood photos to put together a slideshow. When I was 50, I had recorded a CD singing some of my favorite songs. My daughters even thought to play this as the backdrop to the party. It was no longer them needing my protection; rather, it was they who sustained me. If their father had been there the celebration would have taken on a sunnier note. I desperately longed for his tender gaze – how he had looked at me as he feebly and unconvincingly vowed to see me to my 60th birthday.

I hear the bells announcing the sunset of my life. I don't know what happened to those churches from my childhood but in my mind, I hear the bells just as clearly today as I did back then. The nights wane and the sun rises with new tomorrows, and I can't let go of the thought that there will come a time when I will fall asleep into eternity. What have I been running towards in my 60 long years of life? Sometimes I ponder the reason for my being in this universe. I spent so many days rushing through life, focused only on what was right in front of me. Finding closure in the days I have left will be a more important and difficult process than the life I have lived thus far.

Every day, advances in medicine prolong life. They rip one of the freedom to rid oneself of one's diseased body. I plan to put it on record. I will decline all forms of life support. I want to be prepared for the time when I lose the physical or mental ability to make my own decisions. This is because of the last memory I have of my father, unconscious, bedridden, and hooked up to countless medical devices. There was not a shred of human dignity left in that hospital room. I remember thinking that the loss of dignity is a fate far worse than death.

I have lost the ability to sleep in. Now, instead of church bells, I listen to songbirds. My mother, father, and husband all come visit me as birds. They seem to tell me that it is a new day to dream a new dream. Thanks to them knocking at the windows of my weary consciousness I face each day with a lighter heart. The smiles of my loved ones gives me new strength.

I pray for a good tomorrow. I long to be free of all worldly things and get closer to the heavens. I want to fly into its endless stretch of calm. I would like to go there, a place with no hatred or selfishness, a place where only peace abounds. I decided to follow the example that my mom set, kneeling in prayer, all those years ago. I put my hands together with a humble heart until I become small and insignificant. A warmth spreads across my chest. The echoes of the bells in my memory spread far and wide.

A Marathon with No Course

A crowd of strong legs gathered at the festival plaza.

The LA Marathon takes place every year in the spring. This is a major regional event in which, along with the elite runners of the world, more than 20,000 people participate. The churches along the course often opt to cancel Sunday services, so monumental this race.

In 2000 I completed the 15th annual City of Los Angeles Marathon. My husband and I had trained regularly with a running group for two years. We had initially set out to build our fitness, health insurance being a luxury we couldn't afford as small business owners.

We ran the track at a local high school every morning. At first my legs shook after just one lap, and it was four laps around for just one mile. My endurance grew with consistent training, and after a year I could easily manage five miles. I decided to attempt a marathon: 26.2 miles – not a short distance.

We set our goals and selected a coach to begin proper training. I learned new breathing techniques and the correct footstrike. The methods I had been using to run thus far were not appropriate to run such a long distance; regulating breathing would be difficult and it would place dangerous levels of stress on the knees. The previous year, my husband completed the marathon with the time of 4 hours and 30 minutes. His time had been faster than average in his age group. After one more year of dedicated training I, too, was taking on this challenge.

I had brazenly decided to enter the race but as I stood at the start line, I was filled with trepidation. Would I really be able to keep running for such a great distance? It would be a massive blow to my ego if I were to quit along the way. Family members and church friends had strategically planned out where along the route they would stand to cheer us on. Once we got to the halfway point, we would have friendly faces stationed at every mile to boost our strength. My husband looked at ease, his year of experience under his belt. His pace was a lot faster than mine so we wouldn't be able to run together.

The signal sounded and we all left the starting line. Since having 20,000 people start from one place was not possible we each wore a small chip on our sneakers that kept the official race time for the wearer. Not only that, but its GPS programming would void the record of any runner who went off-course.

My husband made an unexpected suggestion: he would run at my pace, from start to finish. He seemed worried that I would give up. I protested meekly, knowing his time would be slower than the previous year, but secretly I was relieved.

We ran hard. It happened to be our silver anniversary year. To run 26 miles we needed something to boost our strengths and something to focus our minds on. We decided to review one year of our marriage as we ran each mile.

1, 2, 3 miles··· at first we moved along with growing hope and joy. We had tangible evidence of our happiness and fruits of our labor. As we passed the ten mile-marker we recalled the pain, disappointment, boredom, and even disgust we felt for each other. When we reached mile 18, I could no longer see what was in front of me. My mind and body were both so exhausted and I just wanted to sit down right where I was. I wanted to quit. There was no great reward for enduring this excruciating pain. It was only a completion medal. I had set out to test my patience and resolve and here I was, confirming my lack of tenacity.

At about 20 years of marriage, what did our lives look like? Our children were in high school and middle school, respectively. We had grown accustomed to the immigrant life and things were running on autopilot. There was nothing new to stimulate my senses and I just had to keep soothing my tired mind and body.

Next to me, my husband continued to engage me in conversation; he consoled and encouraged me. Just past this next mile marker, our family members will be waiting. I hardly felt my feet moving; it was like I floated, somehow. How much time passed like this? Surprisingly, new energy sprung from some unknown place in my body. I had persisted when I had felt I had hit rock bottom and together we stepped across the finish line at 26.2 miles. We had run for six straight hours. My time was within the average range for my age group.

We looked back on our lives in the time we spent together. We sifted through the rubble and embraced each other's wounds. We confessed our wrongdoings and aired all of the grievances we had accumulated over the years. The next day my husband had difficulty walking; he had strained his knees by slowing his pace to match mine. Similarly, in 25 years of married life, he must have struggled greatly to match my stubbornness. Realizing that it was a fantasy that love was enough to live forever, experiencing moments of patience and disappointment we needed to reach a place together, and to that I still go forth.

It has been a challenge to live the life that seemed predetermined like the course of a marathon. The path I had to walk was not one of my choosing. I just joined in the rat race, trying not to get left behind. Now that I have crossed the finish line of the set course, I am free to choose my own route. I don't have to go join where others go. Neither reputation nor duty will force me down a difficult path. I will stop and rest, without a second thought, at the first sign of discomfort.

We each have a path in life, from the moment we are born. Those who follow that path steadily without straying are the happiest. Now, as I walk alone, I look back every once in a while to reflect on my journey, adjust the pack on my back, and sing a joyful tune. It won't be possible to know how much lies ahead until I arrive at my final destination.

A Small Bowl

I carefully scan the shelves at the local Goodwill, again, wondering if I will be salvaging another treasure today. I'm thinking about stopping at the Salvation Army Store on the way home, too.

"Remember that you are dust, and unto dust you shall return."

That is what the priest says on Ash Wednesday, which marks the beginning of Lent, as he makes the sign of the cross on the foreheads of the devout. This dust, or soil, in some translations, is the starting point of nature and the beginning of all life. All of God's creatures thrive and fade on this earth in an unending cycle. Even without the story of Adam and Eve, no one can deny dirt its due respect.

Life lessons are learned from the ceramic bowls formed of mud.

My sister, an art student turned art professor, was so passionate about her pottery that she would leave work on Saturday and head straight to a studio in Gwangju in the Gyeonggi Province, where she would spend the weekend throwing clay before heading back to work in the pre-dawn hours of Monday morning. She had majored in applied art and her ceramic pieces earned national recognition. I am fascinated by how plain mud can be transformed into such a variety of shapes and take on such amazing hues through some time and a careful process. My sister put her soul into shaping those pieces and she valued them like precious gemstones.

Maybe they hadn't quite turn out how she had hoped; she left behind a few pieces when she got married and moved out. My mom put those pieces to good use in her kitchen. The thin and shallow ones she used for pancakes, the small deep bowls were for condiments, and the large ones were vessels for kimchi. They were bulkier than the polished dishes from the store but I liked that they felt sturdy. For my mother, they were likely warm, welcome reminders of her eldest daughter.

Pottery to me is not merely functional but they each feel like a deep well filled with someone's soul. What about me? What form is my spirit shaping out of the mud?

Acquired in ones and twos, I came to own a large number of clay pottery pieces.

I assembled my collection of hand—molded ceramics through sporadic trips to the Goodwill, the Salvation Army Thrift Store, and a few garage sales. I paid pittance for treasure, and each time I was lucky enough to find one, it was like winning the lottery. To someone else, these were failed projects carelessly cast aside. For me, these chance encounters made my heart swoon. Unlike the polished product of a skilled craftsperson, most are lopsided or amateur in form. Each is utterly unique.

My younger cousin who studied ceramics as a hobby had noticed my love of ceramics. When I immigrated to the United States she gave me a set of high—quality rice bowls that she made herself as a farewell gift.

I started running out of places to put them around the house so I got a display cabinet.

In a wooden shadow box cabinet of twenty four identical compartments I exhibit my collection, organized by shape. The spaces on either end of the top row are occupied by pieces of a totem pole—my younger daughter's class project from high school. The small mass—produced vase that my older daughter brought me back from Greece during her college years doesn't really fit in with the others so it's shoved to the back in the bottom row.

All of our household goods are ceramic pieces:
bathroom accessories, vases and planter saucers, and,
of course, my pencil holder. Bowls for holding fruit
and those for eating popcorn are all hand-made
pottery. Even the scallion roots I grow at eye-level on
the kitchen window sill sit in a ceramic piece. I prefer
the heavy and commanding feel of the obdurate earth
to the light and easily pliable plastic.

Looking at a piece of pottery is like meeting
someone. Each has a face; some seem to radiate joy
with a big smile while others emit pathetic loneliness.
There are also those with lopsided expressions. Some
look at me pleadingly, though for what I do not know.

There is a scene, in the movie *Ghost*, where the
recently-deceased Patrick Swayze (who was the same
age as me) wraps himself around Demi Moore and they
turn the pottery wheel together. It is beautiful. Soil
and water kneaded together, it must endure trials and
errors to become something of substance. It requires
the maker to pour herself into the work. The creator

must become one with the creation. Whose souls are held within all the anonymous pieces I own?

This incomplete piece of mine—what step of the process is it in?

Has the shape hardened? Have the design and function been determined? Has it survived the first firing? It is possible that it could not withstand the heat and is now scarred with a crack. On the day that my life is complete, what type of earthenware will I be? A wave of tingling travels up my spine in anticipation. I long for someone's watchful eye to reveal the light buried in my mud. If I could just pour my life into it I would be content to be just a small bowl. If I found my place in the best display compartment, that would surely make my heart swell.

Empty Lot

I wash off the gravestone with water. When I caress the engraved name and focus all my senses I can almost feel his breath at my fingertips. The place where my husband and I prepared our final resting place is an Episcopalian cemetery a mere two miles away from home. I seek the comfort of this place whenever there is something story-worthy I want to share. There are many things I still want to tell to him but he's not here to sit and listen. I brought him a bouquet of white daisies he used to like. I trimmed the leaves off the stems and placed them in the vase as my greeting. They say the vase sits just above the heart of those resting in eternal peace. I brought the flowers to leave for him but it is as though I am exchanging them for a bouquet of loneliness in his heart; a miserable pang of loss passes through me. Fresh flowers at the surrounding gravesites bring joy to the deceased souls as proof that they are remembered and celebrated by their loved ones.

To the right of his headstone is an empty lot meant for me. One day this space will be filled, and that will be the day I no longer have to wander among the stars in my loneliness. What will I be remembered for? Through the countless encounters in my life, what sort of impression will I leave behind? I collect all the different days my life has seen and arrange them on a blank canvas. I want all those colorful pieces to mingle and spread far and wide as does the smell of paint.

Even while he was living in a state of constant pain, my husband did everything he could to prepare for what would happen when he died. Ostensibly it was things like transferring titles of ownership to my name, but he didn't neglect the less tangible things like reminding me that I would have to be a doubly strong support beam for our children, as both mother and father. On one sun—soaked day, in the last autumn of his life, he said he wanted to go pick out his burial site. As we toured the empty gravesites with the cemetery employee, his stony silence felt rather mild, relative to my heart, heavy with the thought that our final goodbyes were drawing near.

The gently sloped hill faces south with panoramic views of the surrounding knolls as expansive and peaceful as heaven, itself. The lingering sunlight is warm all day. The rocks of Topanga Canyon that surround it seem to invite me to rest my loneliness on them. I worry that among strangers he is reliving the sorrows of our lives as immigrants.

The rows and rows of gravestones each memorialize an individual by name. Beloved dad, mom, husband, wife, or grandpa, grandma. There's even one that reads "Our precious child" at a gravesite of a young person. On this space, about the size of a sketchpad, are messages we want to put on repeat, forever: "I love you." "Always in our hearts." "Can't forget you."

He wanted a place to be buried with me. Perhaps he wanted us to continue the dialogue between us that we didn't get the chance to complete during our time together on earth. We all come from some unknown place to spend a little time on this rock before being called back to that eternal world – isn't that what life is? The time we spent together was happy, though we often clashed and hurt each other, trying to compromise our very different sensibilities. There were times I wanted to run away and just disappear, leaving my exhaustion behind with him. Now, the memories of the time we spent loving and cherishing each other will sustain me in my remaining days.

Maybe I got too used to him in our 33 years together; I am sometimes surprised by the realization that I am alone. I feel a twinge whenever I have to mark the "deceased" box on some paperwork, when I hear about his annual alumni gala that I won't be attending, and when my friends take turns boasting about their husbands. I then remind myself that death is just a natural part of life and focus on living each day. If I could only rid myself of just one layer of loneliness my wings would take off in flight, high into the sky.

The chrysanthemums are in full bloom – we must be deep into autumn. Every November, I am assaulted with a flood of memories. November is the month I got married and the month my first daughter was born. My mother also died amidst the scent of mums in late November. Everyone thinks of it as the season of abundance, a season to give thanks and to have a peace of mind, but when it comes around my heart is empty, like a nest abandoned by migrating birds. Birds come back in the spring but I could wander to the ends of the earth and would never see my beloved again. You should've stayed around longer. It's too hard on my own.

It's lonely to walk alone a road meant for two, but humans, like all life, have an allocated time and place and one cannot avoid the fate that's written in the stars. It took a long time to heal my heart that was crumpled like a construction site in an earthquake.

Now I try to live my life thinking only with the good things he left behind, struggling to hold dear to the memories of his big heart and the warmth of his touch. He used to sing to me Hoon-a Na's song "Love" — off-beat and slightly off-key but it always came straight from his heart. I replay it in my head. I look for ways our two daughters have taken after him and I truly believe that his grandfatherly love has seeped deeply into our grandson.

The words he repeated in his diminishing moments of lucidity, as he neared death – "I'm sorry, thank you, I love you" – ring in my ear. I will live beautifully, the life I have left before I reunite with him. Then, I will hold tightly and never let go.

A crow flies high into the sky.

김화진의 수필 세계

침묵의 강, 마그마가 되어 천상(天上)을 뚫는

윤재천

한국수필학회장, 전 중앙대 교수

수필은 인간학으로서 문학의 한 장르이다.

문학은 상상력의 높낮이가 작품을 결정해 주므로, 상상력을 통한 열정적인 글은 평범한 작품과는 다른 것을 경험하게 한다. 희로애락을 승화시켜 상상력을 통해 마음을 치료해 주고, 살아온 삶까지도 고찰하게 한다. 글을 읽는 사람에게도 그 폭만큼 감동이 증폭되므로 창의적인 작품으로 나타난다.

상상력이 풍부한 작가는 감성적인 동시에 이성적이기도 하고, 의식적이면서도 무의식적 관점에서 글을 쓸 때가 많다. 무엇이 진실과 창의성을 막고 있는지 놓치지 않으려고 노력한다.

불안감이나 죄책감, 두려움은 글쓰기에 원동력이 되기도 하고 장애물로 나타날 수도 있다.

글을 쓰려면 그 장애물을 극복해야만 한다. 재능의 경계성을 막고 있는 장애물에 도전하며 '진실'이라는 영혼에 불을 붙여야 한다.

지능이 높다고 해서 창의성이 뛰어난 것은 아니다. 작가에겐 남과는 차별화되는 다른 예술적 '끼'가 있어야 한다. 안토니 가우디의 건축물처럼, 제인 오스틴의 재치 있는 유머처럼, 도스토옙스키의 패러독스처럼 예술가의 정신세계는 미묘한 장난기가 필요하다.

수필가도 통제되지 않은 특유의 제스처가 요구된다. 제스처는 독창적이어서 누구도 흉내 낼 수 없는 영역으로 남게 된다.

상상력은 작가가 지닌 특유의 능력으로 글을 쓰는 사람에겐 생명과도 같다.

상상력이 뛰어난 작품은 관점이나 묘사능력이 남과 다르다. 통제 불가능한 상상에는 거부반응이 따르지만, 상상력이 부족한 작가는 진부한 작품을 쓰기가 쉽다. 관습의 영역에서 안전한 글쓰기만을 즐기게 되면 상상력이 움츠러들어 소극적인 글이 된다. 상상력을 중요시 여기는 작가는 독창적인 아이디어를 얻어내고 자기만의 글을 쓰기 위해 쉼 없이 노력한다.

작가 김화진은 그 난관을 극복하고 있다. 삶의 한가운데로 뛰쳐나와 상상력을 통해 경험을 툭툭 털고 걸어가는 모습이 남과는 다르다.

작품세계를 따라 가 보기로 한다.

앞으로 나아갈수록 처음엔 희망과 행복을 그렸다. 눈에 보이는 기쁨과 열매도 있었다. 10여 마일을 통과하면서 고통과 서로에 대한 실망, 좌절, 때로는 싫증까지도 느끼고 있었다. 18마일에 이르니 앞이 보이지 않았다. 몸도 마음도 지쳐 그대로 주저앉고 싶었다. 포기하고 싶었다. 이렇게 죽을 것 같은 고통을 참고 완주하여 무어 그리 대단한 것을 얻을 것인가.

— 〈코스 없는 마라톤〉 중에서

이 글은 희로애락으로 점철된 축제의 현장이다.

작가 김화진은 'LA국제마라톤 대회'에 참석해 많은 것을 생각하며 달린 사람이다. 2만여 명이 참여하는 대회에서 심장이 터질 듯한 순간에도 자기 확인을 하며 달린다.

이 대회가 처음에는 부부가 체력유지를 위해 시작한 운동이지만, 그곳에 참여하기 위해 학교 운동장에서 새벽마다 트랙을 돌며 근력을 키웠으니, 작은 씨앗이 움터 거목이 되었음을 알 수 있다.

두려움이 앞서지만 떠나는 출발점, 무슨 일이든지 용기를 동반한 추진력은 꿈을 실현시켜 주는 계기가 된다. 작가 김화진은 걸음마를 배우는 아이처럼 불안해했으나 '아내의 페이스에 맞춰 뛰겠다'는 남편만을 의지하고 미지의 길을 달릴 수 있었다.

그것은 사랑의 또 다른 표현이다. 그들은 마음을 합해 먼 길을 달렸으니 인생의 완주점에 도달한 것과 같다. 달려온 거리가 만만치 않은 과정에서 힘의 안배, 마음의 안주가 필요했다.

마라톤에 도전한 해가 결혼한 지 25주년이 되는 해라 지난 시간을 점검해보고 미래를 점지하며 달렸음을 알 수 있다. 그들 부부는 목적지까지 달리는 동안 1마일을 뛸 때마다 결혼 1년씩을 돌아

보기도 했다. 앞으로 나갈 때마다 희망과 행복, 잘 익은 열매도 있었지만 실망과 좌절, 권태까지 느꼈음을 알 수 있다.

달릴수록 주저앉고 싶었을 때 작가는 삶에 대해 깨닫기 시작한다.

"죽을 것 같은 고통을 참고 완주하여 무어 그리 대단한 것을 얻을 것인가"에 도달한다.

삶은 결과가 아닌 과정이다. 그 과정에서 음미되는 희로애락이다.

부부관계도 시간에 비례해 통제 불가능한 권태로움에 빠지기도 하고 궤도를 이탈해 기계적인 삶으로 변하기도 한다. 새로울 것도 특별할 것도 없는 덤덤함이 엄습한다.

김화진은 삶을 자각하며 사는 사람이다. 마라톤 속에 숨겨진 삶의 은유를 파헤치며 숨겨진 개념과 투쟁하고 있었으니 삶을 잘 살아가는 사람이다.

마라톤 코스에서 남편은 생각이 많아 지쳐가는 작가에게 수건을 준비해 진땀을 닦아주었다. 작가는 행복한 사람이고 아름다운 모습이다.

작가는 코스대로 살아온 사람이지만 이제 깨닫기 시작한다. 체면이나 의무 때문에 어려운 길을 가지 않겠다고 고백한다.

〈코스 없는 마라톤〉은 김화진의 삶의 청사진이다. 과정에서 혼신을 다해 살아온 시간이 작가의 정신에 적지 않은 흔적과 철학을 남기고 있다.

LA국제마라톤 대회는 많은 마라토너가 참가하는 대회로서 각자 달려가는 속도가 다르므로, 김화진은 자신에게 주어진 속도가 운명처럼 달려갈 '길'임을 인정하는 사람이다.

마지막 한 조각을 끼워 넣으면 완성이다. (중략…) 시끄러움과 무서운 고요를 지나오며 이쯤에 이르렀다. 암흑 속 바다의 노도가 덮칠 때 그 끝이 어딘지 몰라 허둥대며 차라리 눈을 감아버리기도 했다. 맑은 물소리에 세상 번뇌를 담아 흐르는 시내를 돌아 평원을 걸었을 때도 그 무한한 축복을 감사할 줄 몰랐다.

— 〈퍼즐 맞추기〉 중에서

이 글의 핵심은 "마지막 한 조각을 끼워 넣으면 완성이다"에 메시지가 숨어 있다.

퍼즐은 완성하는 데에 목표가 있지만, 조각마다 자리를 찾아 메워가는 과정이 달라 묘미가 있다. 퍼즐놀이는 많은 조각을 맞출수록 완성의 의미가 담겨있지만, 완성은 생각처럼 쉽지 않아 두려움을 안겨준다.

작가는 손자와 함께했던 '노아의 방주' 퍼즐놀이를 생각하며 글을 풀어간다.

구약성서에 소개되는 '노아의 방주'는 인간의 부패와 욕심이 부른 세기적 종말이다. 탐욕과 오염으로 인한 자연재해로서 지상의 모든 생명체가 사라지게 되나, 창조주의 계시로 방주에 승선한 것은 동물 한 쌍씩과 노아의 가족만 살아남게 된다.

작가는 '노아의 방주'에서 나타난 것처럼 선악에 관계없이 "혼자인 깃보다 역시 둘이 함께 있어 좋다"라고 말하는 사람이다.

작가의 외로움이 배어나오는 부분이다. 퍼즐 맞추는 일은 삶과 많이 직결되어 있다. 완성될 수 없는 삶 속에서 한 발 한 발 딛고 가는 과정, 완성될 것 같은 퍼즐 놀이지만 길을 찾기 힘들어 '마지막 한 조각'이란 것에 무게를 두고 있다.

마지막 한 조각은 창조주만이 해결할 수 있는 '구원'이라는 퍼즐이다. 작가는 완성을 향한 '마지막 퍼즐 한 조각'을 알고 있는 사람이다.

퍼즐 놀이는 불규칙한 조각들을 원래대로 맞춰가는 게임이다. 인생을 풀어가는 게임으로 누구나 흥미를 느끼고 답을 찾아가게 한다. 그 게임을 제대로 풀려면 논리적인 사고를 통해 규칙에 따라 문제를 풀어야 하지만 예측할 수 없는 미로를 통과해야한다. 조작이 끼어들어 불가능한 방식의 퍼즐게임이 생길 때도 있기 때문이다.

작가는 〈퍼즐 맞추기〉에서 "내 그림 안에 들어와 있는 사람을" 바라보고 있다. 가족과 부모님, 먼 조상과 형제들, 험한 골짜기에서 손을 잡고 걸어 온 남편, 두 딸과 손자, 지인과 스승이 낱개의 퍼즐의 되어 '삶'이라는 퍼즐판 위에서 뒹굴고 있다. 그중에서도 작가는 고독과 소외감, 아픔에 시달릴 때 퍼즐의 자리를 찾아주던 신부님과 수녀님, 신앙의 형제들을 귀한 퍼즐로 떠올린다.

작가에겐 사는 동안 감사할 줄 모르던 우매함도 있었으나, 동편 하늘에 무지개가 선명한 지금은 삶의 퍼즐이 채워져 가고 있음을 깨닫고 있다.

삶의 실체는 미완성이다.

하지만 작가는 마지막 한 조각 퍼즐까지 맞추며 저 높은 곳을 향해 걸어가고 있다.

이젠 내가 아이를 보호하는 것이 아니라 그들에게 내가 기대고 있음이다. 아마도 아비가 곁에 있었다면 훨씬 가벼운 마음으로 기뻐해 주었을 것을. 내 환갑까지는 살아주겠노라며 힘든 투병을 하던 남편의 애틋한 눈길이 서럽도록 보고 싶다.

— 〈시간의 메아리〉 중에서

작가 김화진은 신앙심으로 살아가는 사람이다.

작가의 정신과 인생관, 세계관이 창조주를 우선으로 하고 있어, 어릴 적 오가며 들었던 종소리를 기억하고 있다.

인간에게 자란 환경이 얼마나 중요한지 보여주고 있다. 종소리 속에서 어머니의 기도 소리를 기억하고 그 소리를 들으며 함께 놀던 친구들을 기억한다. "산다는 것의 의미나 행복 찾기보다는 생존의 문제에 짓눌려 고뇌하며 평생을 사셨을 엄마"지만, 네 딸이 걸어갈 길을 신에게 맡기던 그때 기도는, 생生을 살아가는 동안 지침돌이 되었음을 알게 한다.

〈시간의 메아리〉는 작가가 환갑이 되었음을 고백하는 작품이다. 문제는 잔치에 초대해 기쁨을 나눌 친구들을 초대하라는 두 딸의 당부에서 생각이 많아지는 작가를 보게 된다.

김화진은 살아가는 동안 많은 사람을 만났지만, 진정 그 자리에 초대받아 진실한 마음으로 함께 하며 감싸 줄 수 있는 친구들을 헤아린다. 모든 것은 상대적인 것으로서 그동안 배려하며 살았다 해도 형식적이고, 그것에는 의무적인 것과 체면상의 만남과 은혜 갚음을 위한 관계유지도 많아 고민하는 모습이다.

작가는 진실이 없는 제스처는 의미가 없다고 생각한다.

많은 사람 중 그 잔치에 초대되지 않아 안타까운 사람은 투병생활을 하면서도 아내의 환갑까진 살아주겠다던 남편이다. 작가는 "기쁜 날을 맞이해 남편의 애틋한 눈길이 서럽도록 보고 싶다"고 고백한다.

하지만 달려온 60년보다 달려갈 미지의 시간에 무게를 두기도 한다. 그것은 살아온 날을 귀하게 여기면서도 삶의 뒷모습에 향기를 뿌리기 위함이다. 그 향기가 달려온 60년을 더욱 향기롭게 승화시켜 주기 때문이다.

김화진은 생명의 존엄성을 찾기 위해 많은 얘기를 하고 있다. 환갑을 기점으로 여러 생각에 시달리며 자기 존재를 돌아보며 확인하고 있다.

모든 것은 마음먹는 순간부터 시작의 시점이다.

인간에겐 꿈과 소망이 없으면 하루하루가 권태롭다. 작가의 꿈은 범인(凡人)과는 다르게 이기심도 욕심도 없는 청량한 세계로서 초월적인 꿈을 꾸는 사람이다. 무릎을 꿇어 기도하던 엄마의 마음을 닮으려고 노력한다.

향기 가득한 뒷모습을 갈망하며 높은 정신으로 남은 생을 살고 싶어 노력하는 사람이다.

아직 완성되지 않은 나의 도자기는 지금 어느 과정을 지나고 있는가. 모양은 굳어졌는지, 도안과 염료는 결정되었나, 애벌구이는 끝난 건가, 혹시 초벌의 뜨거움을 견디지 못하고 금이 간 건 아닐까. 내 삶이 완성되는 날 과연 어떤 모습의 도자기로 새겨질 것인가.

— 〈작은 그릇 하나〉 중에서

이 글은 흙에서 태어나 흙으로 돌아가는 것이 삶의 과정이라 생각하는 작품이다.

누구나 고향을 그리워하듯 자기가 태어난 흙에서 향수를 느끼게 되므로, 〈작은 그릇 하나〉도 그 맥락에서 글의 세계를 살펴본다.

작가는 흙의 실체를 찾아 유랑하며 자기 수양을 하는 사람이다. 갈등과 고통, 수난의 과정을 통해서 흙과 함께 하는 생활을 꿈꾸고 있다. 흙과의 친화와 교류, 흙의 존엄성을 생각하며 온화한 세계, 순수한 세계를 향해 갈망하고 있다.

작가는 도자기에서 인생을 배운다.

응용미술을 전공한 언니가 결혼하기 전 경기도 광주에 드나들며 만들었던 도자기를 통해 삶을 느끼고 있다. 완성된 작품들이 아니지만 얇고 편편한 것은 부침개 접시, 오목하게 작은 것은 양념종지, 사발만 한 것은 김치보시기로 쓰던 어머니의 지혜를 헤아리고 있다.

사람들은 미완성 그 자체로 태어나지만 부침개 접시, 양념종지, 김치보시기로 적재적소에 맞게 쓰여지는 달란트를 지녔다. 버릴 것이 없는 그릇에도 현대문명이란 화약약품이 남발되어 질그릇은 멀어지고 있다.

작가는 도자기가 그릇 차원을 벗어나 누군가의 영혼을 담아낸 숭고한 우물이라고 표현한다. 작가의 집에는 그동안 모아놓은 도자기가 많음을 알 수 있다. 정성을 들여 반듯하게 만든 작품보다 서툴게 내놓은 습작이어도 작가는 그곳에서 설렘과 마주한다. 어설픈 모양의 작품도 지구상에 유일하기 때문에 더욱 매혹되고 있다.

작가는 도자기를 닮고 싶어 하는 사람이다.

살아온 과거보다 미래에 다가올 뒷모습에 신경 쓰는 사람이다. "아직 완성되지 않은 나의 도자기는 지금 어느 과정을 지나고 있는가. 내 삶의 완성되는 날 과연 어떤 모습의 도자기로 새겨질 것인가"라며 염려하는 사람이다.

흙을 밀어내지 않는 사람은 영혼이 청청하다. 인간은 흙에서 나와 흙으로 돌아가는 존재지만, 욕심에서 벗어나지 못하는 게

사실이다. 세상의 허상을 쫓아다니느라 숭고하게 살 기회를 놓칠
때가 많다.

그것은 맑은 세계를 지향하는 삶이 아니다. 작가는 흙의 실체인
도자기를 바라보며 일회적인 삶을 닦아간다. 마음을 뺏길 수 있는
것, 영원하지 않은 것에서 벗어나 영적세계를 향해 달려간다.

동, 서양을 막론하고 손자들에 대한 조부모의 사랑은 다를 게 없다.
부모일 때는 자식을 양육하기에 바빠서 많은 사랑을 표현하지 못했고,
그들이 기쁨을 선사했던 많은 순간도 놓치곤 했다. 그저 탈 없이 자라주
는 것만으로 감사하며 살아온 시간이다. 대신 그들의 아이를 마주할 때에
훨씬 여유롭게 바라보고 사랑할 수 있게 되는가 보다.

― 〈혼혈 손자 TOM〉 중에서

작가는 1년에 한 번 손자를 위해 생일잔치를 준비한다.

사돈이 외국인인 탓에 한국요리를 대접하는 것이 전통으로 남
고 있다. 손자는 한국인 엄마와 외국인 아빠에게서 태어났지만,
요즘은 지구촌 어디에서든 어렵지 않게 볼 수 있는 현상이다.

경계선이 무너진 세계에서 보이는 보편적 현상이다. 한국과는
정서나 문화가 달라 작가에게 경이감을 줄 때도 있지만, 이 시대
자연스러운 모습이다.

동서양을 막론하고 손자를 향한 조부모의 사랑은 상상을 초월
한다. 의식주와 교육문제, 품행문제, 이것저것 자녀의 장래를 염

려하며 끌고 가는 부모의 사랑과, 조건 없이 바라보기만 하며 다가가는 할머니의 사랑 법은 다를 수밖에 없다.

파도 같은 사랑 법보다 호수 같은 정서로 손자를 양육하는 할머니의 사랑은 위기의 상황에도 피신할 수 있는 안식처가 되어준다.

작가는 자식과 손자를 엮어 사랑을 쏟아내는 사람이다. 미국도 자식 사랑은 한국과 크게 다르지 않아 딸과 함께 살며 손자의 아침 등교를 담당한다. 안타까운 것은 손자 '탐'이 어릴 때 교통사고로 아비를 잃었음을 알 수 있다. 작가에겐 사위로서 딸의 외로움을 염려할 수밖에 없다.

하지만 딸이 재혼 준비로 바쁘다니 짓눌림 당했던 가슴이 펴지는 순간이다. 그게 어머니의 마음이다. '탐' 또한 엄마의 재혼으로 조부모가 다시 생겨, 생일 때마다 웃음소리는 더욱 커지게 되었다.

글이 행복의 문을 두드리고 있다. 매일 밤 침대 위에서 손자에게 책을 읽어주던 기억, 잠이 들 시간이면 손자의 등을 긁어주며 재워주던 모습들이 추억이 되어 작가의 마음을 채색하고 있다.

삶은 만만치 않을 때가 많았지만 이 글은 해가 떠오르는 작품이다.

　　머리맡에 이고 있는 비석의 오른 편은 나의 빈자리다. 어느 날, 더는 그리움 때문에 별 사이를 방황하지 않아도 될 날에 채워질 공간이다. 무엇으로 기억될 것인가. 숱한 만남의 시간 속에서 어떤 뒷모습을 보여줄 것인가. 모여진 하루하루를 빈종이 위에 얹어 본다. 수없이 다른 모양의 나날들, 채색된 삶의 조각들이 어우러져 창공을 수놓을 때 멀리멀리 수묵 향기로 퍼지고 싶다.

— 〈빈 터〉 중에서

영혼이 살아있음을 확인하게 하는 작품이다.

작가는 남편이 잠든 묘지를 찾아가 동판 위에 새겨진 이름을 만져보며 숨결이 전해 옴을 느끼고 있다.

떠난 자나 남은 자나 상호간에 그 어떤 느낌이 없다면, 묘지를 찾아가 데이지 꽃으로 영혼을 불러내며 대화의 문을 열지는 못한다. 무언 속에서 그 어떤 대화가 오고 가든 남은 자의 마음에 햇살로 남아, 남은 삶을 살아가는 데 용기가 되면 그만이다. 남은 자가 떠난 자의 영혼을 찾아가 마음을 열게 되면 떠난 자의 영혼도 묘지를 박차며 살아 움직이게 마련이다.

작가는 더는 방황하지 않아도 될 그 날에 남편과 함께할 수 있는 빈자리, 그 의미 있는 공간은 수묵화의 그윽함으로 다시 살아난다. 생生을 떠나서도 함께 할 수 있는 인연, 그 인연은 누구에게나 쉽게 부여되는 특권이 아니다.

그것은 선택받은 자만이 누릴 수 있는 최대의 특권이다.

〈빈 터〉에서 가슴에 와 닿는 것은 "생애의 마지막 가을, 햇살 스며든 어느 날 그는 스스로 영원한 쉼터를 정하고 싶어"라던 남편의 무거움이다. 작가는 묘지 직원의 안내를 받으며 몸소 안치될

자리를 둘러보던 그때 그 침묵이 "차라리 살얼음판이었다"고 표현한다.

무섭도록 고요하고 무거워서 무엇으로도 표현할 수 없는 대목이다.

김화진은 시공을 초월해 묵묵히 누워있는 남편을 바라보며, "낯선 영혼들 틈에서 그동안 겪어온 이민자의 서러움을 다시 이겨내느라 애쓰는 건 아닌지 모르겠다"며 염려하는 사람이다.

그로 인해 미래에 남편이 누워있는 빈자리에 함께 하길 소망하는지도 모르겠다. 그것은 하염없이 남편을 향한 사랑의 표증이다. 사랑의 의미를 터득할 줄 아는 사람만이 선택할 수 있는 승리의 깃발이다. 생전에 "그는 나와 함께 묻히는 자리를 원했다"지만 일방적인 요구는 불가능하다. 늦게 남은 자가 선택할 수 있는 마지막 보루라고 할 수 있다.

김화진은 모든 것이 승화되는지, "높은 하늘에 갈 까마귀 한 마리가 솟구쳐 오른다"며 〈빈 터〉를 마무리한다.

시애틀에서의 꿈같은 사흘이었다. 어린 시절 동네 친구로 평생을 사랑하는 친구, 고등학교 동기동창들과 보내는 시간은 왜 그리 짧은지. 모두가 곱게 나이 들어가는 모습이 보기 좋았다. 하나 둘 남편과의 이별이 늘어가니 나처럼 외로움에 젖어드는 같은 마음이리라.

— 〈산안개 내리는 길〉 중에서

여행은 최상의 휴식으로 내일을 살아내기 위한 영양제다.

일상에서 탈출해 특별한 세계로 안내되는 과정은 무릉도원을 향한 발걸음이다. 존재와 현실에 대해 인식하는 순간, 설렘의 시간, 삶의 의미를 찾는 시간으로 세상과 마주 서는 순간이다.

누구든지 낯선 것과 조우하지 않게 되면 새로운 생각을 할 수가 없다. 반복되는 삶 속에서 잠시 벗어나 마음을 정화하는 시간은 에너지를 생성한다. 좁은 범위 내에서 습관화된 행동과 생각이 맴돌면 낯섦을 거부하게 되어 그 삶에 안주하고 만다.

여행은 삶을 여유롭게 하고 갈급했던 마음도 싱그럽게 안정시켜준다. 익숙한 공간에서 잠시 벗어나 새로운 세계를 접하게 되면 삶의 음률이 부드럽게 변화된다.

여행은 마음속에 웅크리고 있던 것이 정리되기도 하고, 견식을 넓히기 위한 탐구의 시간이 되기도 한다. 방랑의 데카르트도 명상하기 위해 여행을 하며, 마음속에 잠재된 오류들을 제거해 냈다고 전해지고 있다.

김화진도 가족과 함께 워싱턴 주에 있는 시애틀로 떠났다.

무엇보다 그곳에 사는 친구들의 얼굴이 그립다. 어떻게 변했을까. 동네 친구로 평생을 사랑하는 친구들, 고등학교 동기동창과 보낸 며칠간의 시간이 꿈결로 다가왔다. 곱게 나이 들어가지만, 남편과의 이별이 늘어가고 있어 그들을 통해 자기 자신을 확인하는 여행으로 남고 있다.

여행을 좋아하는 사람은 꿈을 꾸며 살아간다.

여행은 떠나는 자의 것으로 낯선 곳과 마주하게 되므로 김화진은 시애틀의 회색빛 날씨에 매혹되고 있다. "비 내리는 거리와 젖은 커피 향이 묘한 감성을 일으키는 이 도시"로 나타나고 있어, 여행이 주는 매력은 상상 밖이다.

잠시라도 "삶의 끝자락을 이곳에서 매듭짓고 싶다"고 할 만큼 시애틀 여행이 성공했음을 알게 한다.

김화진은 일이 기다리는 일상으로 복귀한다. 익숙해진 탓에 돌아가는 그 길이 단조롭지만, 그곳이 자신이 있어야 할 곳임을 인정한다. 현실의 삶과 이상적 삶을 모르지 않는 사람임을 각인시켜 준다.

여행은 떠나는 자의 몫으로서 낯섦과 마주하게 되지만, 작가는 돌아가야 할 곳이 있음을 인식하는 사람이다.

낯선 것과의 조우를 통해 익숙한 곳으로 돌아가는 과정이 아름답게 그려지는 작품이다.

지금 나는 오랫동안 열망하던 여성합창단원의 단원이 되었다. 대학 졸업 후 한 번도 쉬지 않고 일했다. 젊음과 야망 속에서 절제를 배웠고 나름대로 사회에 이바지하며 생존해 왔다. 이제 다시 나만의 세계로 회귀하여 흩어진 옷매무새를 바로잡고 신발 끈을 고쳐 맨다. 중년을 훌쩍 넘은 나이에 모여 노래하는 단원들의 모습에서 무언지 모를 애절함이 느껴진다.

— 〈노래는 즐겁다〉 중에서

작가는 음악과 인연이 깊은 사람이다. 부모님의 관심에 의해 소질과 개성이 개발되었지만, 그 어떤 일이든 노력이 없으면 성취하기 불가능하다.

작가는 초등학교 2학년 때부터 돈암동에서 정릉까지 버스를 타고 다니며 개인 레슨을 받았으니, 노력이 우선이다. 그때 노력이 밑거름이 되어 성인이 되어서도 피아노를 연주하며 노래를 부르고 있다.

자녀교육에 대한 작가 부모님의 열정도 남다르다.

어릴 때 집에 피아노가 없어도 아버지가 마분지에 건반을 그려 놓고 연습을 시켰으니 자녀교육의 중요성을 실감하게 한다. 그때 노력은 방송국 어린이 프로그램에서 노래하는 계기가 되고, 어린이 합창단에 입단해 방송활동을 하게 되어 노력한 자에게는 결과가 있음을 증명해 준다.

노래는 작가에겐 멈출 수 없는 열망이다. 공부 못지않게 음악공부를 한 사람이다. 작가는 중년이 되어서도 여성 합창단에 속해 있다. 학교 졸업 후 다른 일을 계속 했던 관계로 이제 매무새를 고쳐 입고, 깊이 숨어있던 나래를 펴고 있다.

중년의 열정은 나이 들어감에 대한 안타까움을 드러내는 것이기도 하지만, 삶 속에서 눌림 당한 무게감에서 벗어날 수 있어 이 시점이 잠재된 열정을 발산할 수 있다.

꿈을 먹고 사는 사람은 영혼이 싱싱하게 살아난다.

세월이 가서 목소리가 퇴색되더라도 작가 김화진은 "오늘도 새 아침을 열어 아름다운 세상을 찬미하겠노라'고 고백한다.

인간수명 100세 시대다. '인생황혼'이라는 말을 어느 나이쯤에 써야 할지 모르겠다. 60대에 은퇴하고 남은 시간을 관리하는 일이 큰 이슈가 되었다. 또 다른 아침을 맞게 되는 셈이다. 나도 예외는 아니다. 새로운 시작이다.

                        – 〈아침을 담은 봉투〉 중에서

'시작'을 꿈꾸는 사람은 아름답다.

시작이 두려워서 정체된 사람에겐 미래가 있을 수 없다. 그 어떤 상황에서도 시간은 자신이 설정한 대로 흘러간다. 아침에 일어나 커피를 내리는 마음으로 하루를 시작하면 별것 아닌 삶이 없다. 평범한 나날 속에서도 도전하는 마음은 삶의 궤도를 변화시켜준다.

김화진은 하루의 일과를 커피 내리는 일로 안내한다. 커피향 속에는 사람을 살게 하는 영양제가 녹아있어 꿈을 꾸는 삶을 살게 한다. 하루를 준비하기 위해 커피를 내리는 일은 살아있음을 확인하는 순간이다. 커피 향과 아침이라는 희망, 시작이라는 의미는 삶의 촉진제가 되어준다.

시작은 희망의 연속이고 세상을 향한 도전이다.

완벽한 삶을 살기 위해서라기보다, 작은 시작 속에서라도 자기 관리를 하는 사람은 남다른 마인드로 풍요로운 삶을 살아간다.

김화진은 인간수명이 100세 시대임을 언급한다. 60대에 은퇴하고 남은 시간을 관리하는 일이 이슈가 된 지금, 남아있는 시간에 대해 당황하며 휘청거리는 사람이 적지 않다.

김화진은 퇴직 후부터 시작임을 자각하는 사람이다. 그동안 삶에 매진해 시간을 내지 못했으나, 그동안 이루지 못한 음악의 꿈, 아쉬움으로 남았던 그 길을 조용히 걷겠다며 커피를 내리고 있다. 커피에는 열정과 도전정신이 녹아 있다. 커피는 자본주의 등장 이후 부를 향한 욕망임을 상징했지만, 아침에 내리는 커피 향은 희망찬 하루의 아침을 덜 깬 세포를 깨워준다.

지난날이 안개에 갇혀 맑지 않은 날이 많았지만, 아침마다 내리는 커피 향은 생동감 있는 삶으로 거듭나게 한다.

> 그 여름 이후 내 삶은 많이 바뀌었다. 마지막 여름 방학이 되었다. 몸이 회복되는 대로 남편에게로 가야 했기에 7년 동안 근무한 여자중학교를 떠날 수밖에 없었다. 교편생활을 시작할 때만 해도　평생을 선생님으로 살게 될 줄 알았다. (중략··) 남편의 해외 근무로 시작된 미국에서의 새로운 날들을 상상하지 못했다.
>
> ─〈그 여름은〉 중에서

산후 우울증을 경험했던 작가를 볼 수 있다.

남편까지 분만 이튿날 뉴욕지사로 발령 받아 떠나게 되자, 김화진의 감정은 침잠될 수밖에 없었다.

어머니가 끓여준 미역국도 없고, 산모를 돌봐줄 사람도 없고, 둘째 아이가 아들이 아니라 속내를 감추고 떠나던 남편의 뒷모습까지 상상 했으니, 1980년 그 시점에는 작가의 심정이 이해가 된다.

작가는 그 여름 이후 삶이 바뀌었음을 고백한다. 교편생활을 하던 작가가 모든 것을 청산하고 남편을 따라 낯선 땅으로 가야 했다. 미국에서의 새로운 나날, 심지어 예상치 못한 힘든 나날과 이민자의 고된 삶은 작가 고유의 성격과는 많이 다르다.

남편의 주재원 시절이 끝나자 '방어적 위험기제의 인생관'으로 살아 내야 했으므로, 이국에서의 삶은 고통으로 드러난다.

사계절 중 여름은 삶이 전성기로 가장 푸른 계절이다. 그러나 작가는 34번째 여름을 맞이하는 순간부터 삶의 실체가 만만치 않았음을 짐작하게 한다.

〈그 여름은〉은 작가가 63번째 여름을 맞이해 쓴 작품이다.

환갑 전에 남편과 결별했으니 김화진의 고독과 아픔은 헤아리고도 남는다.

이제 가을이 가까운 시점, 작가는 뒤를 돌아보는 시간이 많아졌다.

하지만 다시 올여름을 희망하는 사람이다.

작가는 그동안 '나'를 위한 삶을 살았다면, 남은 삶은 '우리'를 위한 삶을 살겠노라고 다짐하고 있다.

이 글은 작가의 인생행로를 실감 있게 그려낸 작품이다.

오늘도 행복을 위한 주소를 새겨넣어본다. 아직 가지 않은 길을 찾으려면 든든한 안내자가 있어야겠기에. 꿈속에서만 보았던 그곳에 가고 싶다. 모두가 사랑의 옷을 두르고 행복의 꽃을 선물하는 아름다운 나라. 더는 그리움에 눈물 흘리지 않아도 될 따뜻한 곳. 다음 번 여행지는 '하늘나라' 가는 길이 되려나.

- 〈인생 내비게이션〉 중에서

살다보면 막막한 순간들이 적지 않다.

미로에서 방향을 잃을 때처럼 처해 있는 곳이 어디쯤인지 짐작 못할 때가 있다. 이때 필요한 것은 방향을 제시해 주는 도우미다. 내비게이션이 없을 때는 길을 잃거나 돌아서 가게하거나 극한 상황으로 몰아가기도 한다.

무엇보다 삶을 안내해 주는 내비게이션이 우선이다.

김화진은 그 중요성을 깨달으며 삶 속에 내비게이션의 GPS를 연결해서 목적지를 설정한다. 그 길에는 작가의 가치관과 철학, 신념이 바탕이지만 길을 안내해준 내비게이션의 중요성을 인식한다.

내비게이션은 목적지 주소만 입력하면 길을 안내한다. 감정이 담겨있지 않아 목적지까지 도달하는 동안 방향을 잃게 할 염려가 없다.

작가는 감정을 움직일 수 있는 내비게이션을 원하는 사람이다.

그는 그동안 영적 세계를 안내하는 창조주, 삶을 무난하게 걸어

가길 원하던 부모님, 먼저 떠나면서도 아내를 염려하던 남편, 인격과 지식의 세계로 안내해준 스승, 또는 신부님과 수녀님 − 많은 내비게이션의 안내를 받으며 살아왔다.

문제는 내비게이션도 불안정할 때가 있어 험준한 산과 센 물살을 건너게도 한다.

어머니가 된 후부터는 오히려 자식에게 내비게이션 역할도 해야만 했다. 과정에서 자녀들이 길을 잘못 들까 두려워하면서도 안내자의 역할에 최선을 다했다. 내비게이션이 교통정보를 제시해 주기 위해 실시간 긴장하며 대기하듯, 어머니로 사는 삶도 업데이트를 실행하며 땀을 닦아 왔다.

삶은 쉽지 않아 점검이 필요하다. 길을 가다보면 지나치기도 하고, 잘못 들어서기도 하고, 지명이 바뀌거나 없던 길이 새로 생기기도 한다.

문제는 내비게이션이 가르치는 길은 큰길만 있지 오솔길은 흔치 않다. 작가 역시 큰길에서 잠시 벗어나 '방황과 부정을 실험한 시간'이 있었음을 고백한다.

그것이 인생이다. 그곳에 전자기기 내비게이션이 아니라, 인생의 내비게이션이 해야 할 상징성이 숨어 있다.

내비게이션은 기록을 남기므로 그 역할을 하기는 쉽지 않다.

나이가 들어서는 자식도 부모의 내비게이션이 돼야 하므로, 자녀가 한눈팔게 되면 부모는 어느 순간 길을 잃게 된다.

하지만 김화진은 당당하게 행복을 위한 주소를 새겨보고 있다.

'이젠 더 이상 내가 내비게이션이 필요하지 않은 걸까.' '숱한 경험이 삶의 지침돌이 되어 혼자 갈 수는 없을까' 라는 경지에 다다르고 있다.

수필은 독자의 마음을 적셔줄 때 감동 있는 글이 된다.

특별한 구성이 따르지 않아도 개성이 분명한 글이 될 때 긍정적 힘을 지니게 된다.

작가 김화진은 자기만의 영역을 확고하게 구축하는 사람이다. 10여 편의 작품을 통해서도 그 성향이 강렬하게 녹아 있다. 작가는 남편의 미국 발령으로 평생 몸담을 줄 알았던 교육계를 떠난 사람이다.

그 후 이국땅에서 펼쳐지는 희로애락이 작가의 글의 핵심이 되고 있다. 봄 여름 가을 겨울 – 다양한 시간이 많았지만 회색빛 계절도 없진 않다. 비전에 찬 마음으로 미국으로 떠난 남편이 그곳에 잠들었는가 하면, 작가자신도 남편 곁에서 종지부를 찍겠다는 심정고백은 참으로 서늘하다.

작가 김화진은 글을 쓸 수밖에 없는 사람이다. 고운 감성으로 쏟아내는 감정들을 볼 때 그 영혼이 한없이 청청하다. 수필의 진정한 주소가 김화진의 글에 있음을 실감하게 한다. 어떤 삶도 그냥 지나치는 게 없고 이론적으로 만들어진 철학이 아닌 살아온 나날들에서 얻은 생활의 철학이 귀하다. 글을 읽는 사람에게 낯선 감동을 주지 않는 글이 없다.

대부분 기승전결로 펼쳐진 작가의 글은 독자에게 삶의 과정과 피할 수 없는 종착지를 감지하게 한다. 감정이 보석처럼 반짝이고 예술적 '끼'가 산재해 있어 독자를 깊은 곳으로 끌고 들어간다.

　긴 여정의 마라톤에서 코스 없는 길을 달려오면서도 삶의 마지막 행간까지 끼워 맞추려는 절절한 노력, 텅 빈 자리를 지키며 어머니가 되고 할머니가 된 채 그윽하게 익어가는 모습. 살아온 삶보다 마무리할 뒷모습에 의미가 있기를 갈망하며 매무새를 고쳐 마음을 다지는 모습은 아름답다 못해 처절하다.

　작가 김화진은 오늘도 '삶'이라는 여행지에서 최선을 다하고 있다. 마지막 정착지로 남아주는 합창단 단원이 되어 노래를 부르며, 아침마다 향내 독한 커피를 내리고 있다.

　앞으로도 비전 있는 꿈을 꾸며 생명력 넘치는 시간과 합류하고, 남과 다른 상상력과 문장력, 남다른 철학으로 좋은 작품 보여주길 기대한다.